Cappuccino zu dritt
Ein Toskana-Roman

Marita & Jürgen Alberts haben sich als Autoren dieses Werkes, nach den Rechten des »Copyright, Design and Patents Act 1988«, identifiziert.

Erste Ausgabe 2001 bei Verlag Kiepenheuer & Witsch, Köln.

Diese Ausgabe erschien 2015 bei Endeavour Press Ltd.

Titelabbildung: fotolia

1. Auflage 2017

ISBN 978-3-95494-122-3
www.edition-falkenberg.de

Marita & Jürgen Alberts

Cappuccino zu dritt

Ein Toskana-Roman

Edition Falkenberg

Quale allegria
se ti ho cercato per una vita senza trovarti
senza nemmeno avere la soddisfazione di averti
per vederti andare via
quale allegria

Was für eine Freude
dich ein Leben lang gesucht zu haben,
ohne dich zu finden
ohne jegliches Gefallen, dich mein zu nennen,
um dann zu sehen
wie du gehst, einfach so
wie bin ich froh.

(aus dem Lied von Lucio Dalla
»Quale allegria«, 1977)

1

Montecatini Alto

Die letzte Zeile sangen Katharina und Franco zusammen: »*Le donne degli altri non amano me*«. Bevor das Lied von Paolo Conte verklungen war, legte Franco die rechte Hand auf seine Brust und strahlte Billie an.

»Ich fange gleich an zu weinen«, sagte Katharina lachend.

»Und ich zu fluchen«, erwiderte Billie, »wenn ihr mir nicht endlich sagt, worum es geht.«

Katharina übersetzte ihr die Zeile: »Die Frauen der anderen lieben mich nicht«.

»Ich würde auch gerne Italienisch können.« Billie nahm ihr Glas und prostete Franco zu.

»Wieso?«, fragte Katharina. »Wir haben doch eine wunderbare Arbeitsteilung. Ich mache die Konversation, und du flirtest.«

Sie waren zum Mittagessen ins Restaurant »La Torre« nach Montecatini Alto gefahren. Eine gewundene Bergstraße mit scharfen Kehren führte hinauf. Die *funicolare* hatten sie um zwei Minuten verfehlt, nur die Rücklichter der leuchtend roten Zahnradbahn waren noch zu sehen gewesen. Der nächste Zug ging erst in zwei Stunden. Auch die Bergbahn hielt die geheiligte Mittagspause ein. »Dann nehmen wir eben doch den Wagen«, hatte Katharina missmutig gesagt, »muss ich mich beim Trinken etwas zurückhalten.« Sie hatte ihr Alfa-Romeo-Cabrio dicht an der Felswand geparkt, hinter einer langen Reihe von Autos, weil man in das Bergdorf nur zu Fuß gelangen konnte.

Katharina bezahlte die Rechnung, roch ein letztes Mal an Billies Grappa. »Das nächste Mal bist du mit der Abstinenz dran.« Billie verzog die Mundwinkel leicht nach oben, ihre Augen waren ein wenig glasig. »Das nächste Mal lassen wir den Wagen einfach stehen«, erwiderte sie ungerührt.

Der schnauzbärtige Kellner Franco, der älteste Sohn der Familie, nahm die noch halbvolle Grappa-Flasche vom Tisch und überreichte sie Katharina.

»*Prego, signora, per Lei*«, sagte er mit einem Augenzwinkern.

»*Molto gentile. Grazie, mille grazie!*«, erwiderte Katharina. Während des Essens hatte sie den Kellner über die Gerichte ausgefragt. Geduldig hatte Franco ihr die Rezepte aufnotiert. Die *Pappa piccantina*, der scharf gewürzte Tomatenbrei, würde Eingang in Katharinas Küche finden, da war sie sich ganz sicher. Billie hakte sich bei ihrer Freundin unter, nachdem Franco sich mit einem Handkuss von ihr verabschiedet hatte.

Sie gingen bergab durch eine schmale Gasse, bis zur Brüstung am Abhang. Die Aussicht über Montecatini Terme war prachtvoll. Bei klarer Sicht konnten sie über das ganze Tal bis zu den Albaner Bergen sehen.

»Bist du immer noch stinkig?«, fragte Katharina vorsichtig.

»Nein, jetzt ist mir nur ein bisschen schwindelig«, antwortete Billie.

»Dagegen gibt es ein probates Mittel, ein Schläfchen. So ein *sonnelino* könnte mir jetzt auch nicht schaden.«

Beschwingt gingen die beiden Frauen an der Station der Zahnradbahn vorbei. Noch einmal sollten sich die Rücklichter nicht über sie lustig machen können.

Als sie das feuerrote Alfa-Romeo-Cabrio erreicht hatten, fluchte Billie: »Verdammt, ich hab' meine Handtasche vergessen.«

Noch bevor Katharina etwas erwidern konnte, war Billie schon auf und davon.

»Nicht alleine wegfahren«, rief sie, ohne sich umzudrehen.

Katharina sah ihr hinterher. Billie und die Handtasche, eine Geschichte mit immer neuen Fortsetzungen. Mal fand sich dieses altmodische Ledertäschchen auf dem Küchenschrank oder unter Kleiderstapeln, es blieb in Bistros oder Bars liegen, oder Billie vergaß es in der Straßenbahn. Bisher war das Erbstück noch immer wieder aufgetaucht. Nur einmal hatte jemand die Geldscheine daraus entwendet, aber die Tasche in einen Abfalleimer geworfen.

Katharina setzte sich in das Cabrio, nachdem sie ihre Handtasche unter dem Fahrersitz verstaut hatte. Das hatte sie seit langem eingeübt. Sofort nach dem Aufschließen der Wagentür schob sie die Tasche unter den Sitz, bevor sie den Zündschlüssel umdrehte. Nach der Ankunft holte sie die Handtasche hervor und schloss dann den Wagen ab. Sie mochte diese Art der Routine, die ihr ein sicheres Gefühl bescherte.

Sie hatte einen herrlichen Morgen in der Tettuccio-Terme verbracht. Welche Erinnerungen, welche Glücksschauer. Ein Ort zum Träumen. Als befände man sich mitten im letzten Jahrhundert. Verdi und Puccini gehörten damals zu den Stammgästen dieser Terme. Ein prunkvoller Gebäudekomplex aus Travertin, kleine Tempel, Kolonnaden und Marmorböden in den Trinkhallen. Aus vier verschiedenen Quellen sprudelten kalte oder lauwarme Heilwässer. Im quadratischen Innenhof befand sich ein überdachter Platz für Konzertbesucher. Über der Kuppel des Musikpavillons war zu lesen: *il suon che di dolcezza i sensi lega* – der Ton, der aus der Süße kommt, vereint die Sinne. Nur für Billie war das alles alter Plüsch gewesen, grau und langweilig, genauso lau wie das warme Quellwasser. Irgendwann hatte Katharina sie schmollend zurückgelassen und sich vor das Orchesterrund gesetzt, in dessen Kuppel sich ein mit Instrumenten geschmückter Sternenhimmel befand. Schon damals hatte sie dort gerne gesessen. Wie lange war das her? Zu lange, viel zu lange. Die eleganten Wandelhallen mit ihren luxuriösen Geschäften, der langgezogene, gepflegte Park mit den herrlichen Bäumen und Büschen. Jeden Tag wurde aus Fetthennen und rosa Blumenblüten auf roten Kieselsteinchen das Datum neu gelegt. Mit Billie hatte sie lange vor den farbigen Keramikkacheln gestanden, die in der Terme hinter den Trinkbrunnen zu sehen waren. Die Bilderfolge zeigte den Lebenslauf von der Kindheit bis ins hohe Alter. Je älter die Frauen wurden, desto mehr waren ihre Blößen verdeckt worden. Billie fühlte sich zur »L'adolescenza« hingezogen, während Katharina »La bellezza« besser gefiel. »Vielleicht sollten wir hier eine Filiale eröffnen«, hatte Katharina gesagt und sich mit Billie über diesen Einfall amüsiert. »Das würde gewiss einen Skandal geben.«

In der Orchesterpause hatte sich Katharina an die Anfangsszenen aus »Schwarze Augen« erinnert, die in der Tettuccio-Terme gedreht worden waren. Zu Hause hatte sie den Streifen mit Marcello Mastroianni einige Male auf Video angeschaut. Nicht nur, um in diese morbide Stimmung zu kommen. Das Orchester spielte jeden Vormittag drei Stunden, eine grandiose Mischung aus Opernmelodien und Schlagern der *cantautori*, der italienischen Liedermacher. Manchmal intonierte das Orchester auch einen Jazz-Titel oder ließ einen Beatles-Song hören. Wenn doch nur …

Katharina entdeckte einen Jungen auf der anderen Straßenseite. Er lief Slalom zwischen den Bäumen. Mal war er zu sehen, dann war sein schmaler Körper verdeckt. Das schwarze Haar stand in alle Richtungen ab. Er hielt etwas hinter seinem Rücken verborgen. Wie alt mochte er sein? Katharina schaute in den Rückspiegel. Von Billie war noch nichts zu sehen.

Plötzlich tauchte der Junge vor ihrer Kühlerhaube auf. Er hatte einen Hammer in der rechten Hand und setzte mit der linken einen Nagel auf die Karosserie.

Katharina traute ihren Augen nicht, als der Junge mit heftigen Schlägen den Nagel ins Metall trieb.

»*Stronzo, que fai*«, schrie sie. Dann sprang sie aus dem Wagen.

Der Junge ließ den Hammer fallen und rannte los.

Katharina setzte ihm nach. Den schnapp' ich mir, dachte sie.

Nach fünfzig Metern war sie fast auf Armeslänge herangekommen, griff ein paarmal nach ihm, ohne ihn jedoch zu erwischen. Er trug nagelneue Turnschuhe. Als sie das Tempo erhöhte, wurde auch der Junge schneller. Wie gut, dass ich kaum etwas getrunken habe. So bald gibt eine Katharina nicht auf. Die abstehenden Haare waren mit Gel strähnig gezwirbelt. Was bildet der sich ein, mir einen Nagel in den Alfa zu schlagen? Katharina versuchte immer wieder, ihn an der Schulter festzuhalten, aber es fehlten stets wenige Zentimeter. Als könne er gerade genügend Distanz halten, um nicht geschnappt zu werden.

Mit einem kühnen Satz sprang der Junge über ein Mäuerchen. Katharina stoppte ab und beugte sich hinüber. Er musste mindestens zwei, drei Meter hinuntergesprungen sein. Sie konnte ihn in dem Gestrüpp nicht entdecken.

Völlig außer Puste lehnte sie sich an einen Baum.

Ihr Atem ging stoßweise.

Das Herz schlug, wie eine dumpfe Trommel.

Noch einmal drehte sie sich um, konnte jedoch keine Spur des Jungen ausmachen. Es würde wenig Zweck haben, weiter nach ihm zu suchen. Er war ihr leider entwischt.

Langsam wurde der Puls ruhiger. Wie schön, dass ihr das Wort *stronzo* eingefallen war. Mistkerl, Arschloch oder blöder Angeber hätte der Junge sicher nicht verstanden.

Katharina macht kehrt. Das Loch in der Karosserie

wird schnell zu reparieren sein, dachte sie.

In diesem Augenblick schoss der feuerrote Alfa Romeo an ihr vorbei. Auf dem Fahrersitz ein junger Mann mit kurzgeschnittenem Blondschopf, mehr konnte sie nicht erkennen.

Wütend rannte sie hinter ihrem Wagen her, schimpfte lauthals. Fluchte. Diesmal auf Deutsch. Auch auf dem Beifahrersitz saß jemand. Aber Billie war es nicht.

Als das Cabrio um eine Kurve entschwand, blieb sie stehen.

Der zweite Lauf war wesentlich rasanter gewesen als der erste.

Katharina ballte ihre Fäuste.

»Wie kann man nur so dämlich sein!«, brüllte sie immer wieder. Nun war ihr klargeworden, warum der Junge mit Hammer und Nagel ihre Kühlerhaube malträtiert hatte. *Il trucco*, ein raffinierter Trick.

Mit schnellen Schritten ging sie an den geparkten Autos entlang zurück. Warum musste es gerade meinen Wagen treffen? Hätten sich die Gauner nicht einen anderen aussuchen können? Aber der Trick funktionierte ja nur, wenn jemand im Wagen saß. Mist, verdammter Mist. Und ich bin drauf reingefallen.

Kurz nacheinander trafen Billie und Katharina an der Stelle ein, wo der Wagen gestanden hatte.

»Als ich das Cabrio nicht mehr sah, dachte ich schon, du seist ohne mich abgefahren.« Billie schwenkte ihre Handtasche. »Rat mal, wo ich sie dieses Mal wiedergefunden habe …«

»Der Wagen ist weg!«, mehr bekam Katharina nicht heraus.

»Wieso?«

»Sie haben ihn mir geklaut.«

»Aber vorhin war er doch noch da, ich hab' ihn selbst gesehen.«

Katharina berichtete, was geschehen war. Einzelne Wörter, stoßweise, sie ergaben keinen Sinn.

Billie war schnell wieder nüchtern. »Ein Junge hat mit einem Hammer unser Auto gestartet, ich versteh' das nicht …«

»Ich bin ihm hinterher … Der Zündschlüssel steckte ja, und dann war der Wagen weg …«

»Aber wenn der Junge doch davongerannt ist, kann er ihn nicht …«

Billie klemmte ihre Handtasche fester unter den Arm und kam ganz nahe an ihre Freundin heran.

»Es waren seine Komplizen, die den Wagen gefahren haben«, sagte Katharina. Nun war ihre Stimme fast ohne Ton.

Sie suchte in der Parklücke nach dem Hammer. Auch unter den davor und dahinter stehenden Wagen schaute sie nach. Aber das *corpus delicti* war nicht mehr aufzufinden.

»Selbst daran haben sie gedacht.« Katharina schüttelte den Kopf. Der Nagel steckte wahrscheinlich noch im Blech.

»Komm, Katta, wir müssen zurück ins ›La Torre‹, sofort die Polizei verständigen, die sollen eine Fahndung machen, so ein Cabrio fällt ja auf.«

Als sie im Restaurant ankamen, wollte der Kellner wissen, was geschehen sei. Der Barmann telefonierte mit der Polizei, während Katharina stockend berichtete.

So etwas sei in Montecatini Alto noch nie geschehen, meinte Franco, bisher sei immer alles ganz friedlich gewesen. Von einem Diebstahl oder einem Einbruch habe er noch nie gehört. In Montecatini Alto gebe es nicht einmal eine Polizeistation. Seine Familie lebe seit fünf Generationen …

Nach einer Weile sagte der Barmann zu den beiden Frauen, es sei das Beste, wenn sie die *funicolare* um halb fünf nähmen, die Carabinieri würden sie an der Talstation erwarten. Sie sollten sich beeilen, er werde sofort anrufen, damit Giuseppe mit der Bahn auf sie warte.

Im Laufschritt erreichten sie die Bergstation. Kaum waren sie eingestiegen, gingen die Türen zu. Die wenigen Passagiere schauten sie neugierig an und tuschelten miteinander.

Katharina zitterte am ganzen Leib.

»Geht es nicht etwas schneller?«, sagte Billie halblaut.

Sie nahm die Hand ihrer Freundin. Die Bahn ruckelte steil bergab. Je langsamer die Fahrt wurde, desto schneller schlug Katharinas Puls. Warum habe ich nur den Zündschlüssel stecken lassen? Warum bin ich dem Jungen hinterhergelaufen, ohne abzuschließen?

Warum renne ich blindlings los, ohne mich um den Alfa zu kümmern? Je länger sie nachdachte, desto mehr Vorwürfe fielen ihr ein. Nur gut, dass Billie keinen Ton von sich gab. Das hätte sie jetzt gewiss nicht ertragen. Es kam ihr unerträglich lange vor, bis die *funicolare* endlich die Talstation erreicht hatte.

Über dem Wagen der Carabinieri kreiste das Blaulicht. Ein uniformierter Polizist ließ die beiden Frauen hinten einsteigen, dann legte er einen Rennfahrerstart hin. Zehn Minuten später erreichten sie das Revier in der Via Puccini. Ein abgedunkelter Raum, in dem zwei Neonröhren an der Decke brannten. Die Fensterläden fest verschlossen.

»Zunächst die Personalien«, sagte der diensthabende Beamte hinter dem Tresen. Aus einer Ablage zog er ein Formular hervor.

Billie bedrängte Katharina, sie solle als Erstes verlangen, dass die Polizei umgehend eine Fahndungsmeldung herausgebe. Dann hätten sie noch eine Chance, den Wagen bald zu finden.

Katharina war so aufgeregt, dass ihr Italienisch versagte. Im Tettuccio hatte sie mit den Frauen parliert, die bei den goldglänzenden Wasserhähnen standen, im »La Torre« hatte sie mit Franco Witze gemacht, und plötzlich waren alle italienischen Worte in ihrem Kopf wie vernebelt.

Billie zog ihren Pass aus der Handtasche und ließ den Beamten die Angaben übertragen.

»Beruhig dich doch erst mal, die werden den Wagen schon wiederfinden. Da bin ich fest von überzeugt.«

»Ich nicht«, erwiderte Katharina.

Wie der Diebstahl vor sich gegangen sei, wollte der Beamte wissen. Er hatte hinter einer Schreibmaschine Platz genommen, die aus den Anfangsjahren dieser Erfindung zu stammen schien.

Stockend berichtete Katharina den Hergang. Ab und zu gelang ihr ein ganzer Satz in Italienisch. Der Beamte schien eher Bewunderung für den raffiniert eingefädelten Coup, als Verachtung für den Diebstahl zu empfinden. Gelegentlich pfiff er durch seine beiden oberen Zahnlücken.

Ob sie auch tatsächlich sicher seien, dass der Wagen gestohlen worden sei, wollte der Beamte wissen.

»Ich habe doch gesehen, wie die Kerle damit abgehauen sind«, entrüstete sich Katharina. Sie sah den Polizisten an, der aufgehört hatte, ihre Aussage aufzunehmen. Er starrte sie unentwegt an, als habe sie ein böses Mal auf ihrem Gesicht.

Ob sie den Wagen in Italien gekauft habe, fragte der Beamte mit einem Grinsen.

»Wie kommen Sie denn darauf?«

Ein Alfa-Romeo-Cabrio sei ein ziemlich seltenes Auto, gab der Beamte von sich, als sei die Zeit gekommen, über seltene Autotypen zu diskutieren.

»Ich besitze ihn schon seit acht Jahren. Ich habe ihn in Freiburg gebraucht gekauft.«

Die Art, wie sie abgefertigt wurden, passte Katharina überhaupt nicht. Aber sie zwang sich, ruhig zu bleiben. Schließlich brauchten sie die Hilfe der Polizei. Ab und zu übersetzte sie Billie, was der Beamte von sich gab.

»Warum veranlasst er keine sofortige Fahndung?«, wollte Billie wissen.

»Keine Ahnung«, erwiderte Katharina.

Der Polizist erhob sich und verlangte die Wagenpapiere.

In diesem Augenblick wurde Katharina klar, dass ihr Pass und die Kreditkarten, Führerschein und Kfz-Papiere ebenfalls weg waren. Sie steckten in ihrer Handtasche. Und die lag unter dem Vordersitz.

2

Montecatini Terme

Kaum eine Stunde später saßen Katharina und Billie im »Caffè Biondi« und gifteten sich an.

»*Tutto va bene*«, hatte der Polizist gesagt und sich per Handschlag von ihnen verabschiedet. Er war die ganze Zeit ziemlich reserviert gewesen. Ein ausgefülltes Formular, mehr war von ihrem geliebten Alfa-Romeo-Cabrio nicht übrig geblieben. Billie war sich nicht mal sicher, ob der Beamte es überhaupt weiterleiten würde.

»Ich konnte ihn nicht dazu zwingen, eine Fahndung einzuleiten«, verteidigte sich Katharina.

»Aber du hast es doch nicht mal versucht. Wenn der sofort eine Meldung rausgegeben hätte, würden die Kerle mit dem Wagen nicht weit kommen.«

Katharina spürte, dass ihre Freundin kaum zu besänftigen war. Dabei hätte sie selbst jemand gebraucht, der ihre Wut bändigte. Sie konnte sich nicht darüber beruhigen, dass die Diebe ein solch leichtes Spiel mit ihr gehabt hatten.

»Es war eine Schnapsidee, nach Montecatini zu fahren. So eine Ansammlung von Greisen, wie ich sie heute Morgen gesehen habe, möchte ich nie wieder in meinem Leben sehen.«

»Billie, bitte, was hat das denn damit zu tun?«

»Wir wollten ans Meer, aber du musstest ja unbedingt auf Nostalgietour. Montecatini Terme sei einer der schönsten Plätze, so ein Quatsch, hier kommt man nur zum Sterben her.«

Nach der Handelsmesse in Bologna, die wie immer sehr anstrengend war, hatten sie vorgehabt, ein paar Tage an der toskanischen Küste auszuspannen. Sie wollten sich einen ruhigen Fischerort suchen, ein bisschen in der Sonne ausstrecken, bevor sie wieder nach Freiburg zurückkehrten. Ihren Laden hatten sie für eine Woche geschlossen.

»Und dann auch noch so ein teures Hotel, Katta. Aber du lebst ja gerne auf großem Fuß, auch wenn wir uns das nicht leisten können.«

»Wenn du auf dem Markt nicht so getrödelt hättest, dann hätten wir *die funicolare* gekriegt«, konterte Katharina. Sie war es leid, dass Billie ihre Launen an ihr ausließ. War es nicht schlimm genug, ihren Alfa eingebüßt zu haben? Ein bisschen Mitleid hätte ihr jetzt gutgetan.

»Du hast doch auch nicht genau gewusst, wann die Bahn abfährt.«

»Aber wir hätten sie gekriegt und nicht mit dem Auto hochfahren müssen.«

Der Streit war keineswegs leise, aber auf der Terrasse des »Biondi« schien sich niemand dafür zu interessieren.

»Überhaupt, wenn du deine Handtasche nicht zum x-ten Mal vergessen hättest, dann wär' das alles nicht passiert.«

»Ach«, zischte Billie, »jetzt soll ich wohl schuld sein. Du lässt dich von so einem Knirps austricksen, und jetzt … ich war doch gar nicht dabei …«

»Wir wären in den Wagen gestiegen und abgefahren, aber du musst ja deine Handtasche … wo hattest du sie denn diesmal?«

»Hab' ich vergessen«, sagte Billie. Der Blick, den sie ihrer Freundin zuwarf, hätte ausgereicht, um ein Flussbett trockenzulegen.

Sie hatten sich beide auf die eine Woche Urlaub in der Toskana gefreut. Auch wenn sie drei Tage davon auf der Messe Waren ordern und einkaufen mussten. Zehn Stunden rumlaufen, begutachten, kalkulieren, taxieren, bestellen. Zum ersten Mal, seit sie ihr Geschäft zusammen führten, wollten sie sich dafür belohnen. Katharina hatte gesagt, sie würde gerne auf dem Weg ans Meer einen kurzen Stopp in Montecatini machen. Billie müsse diesen Ort sehen, der ihr so viel bedeutet habe. Mehr hatte sie nicht verraten.

»Ich möchte nicht stören«, sagte ein Mann, der mit einem Tablett und drei Gläsern Spumante an ihren Tisch trat.

»Sie stören aber«, gab Billie von sich.

»Billie, nun lass gut sein, ja.«

»Ich dachte, zur Beruhigung. So was kann nie schaden.«

Der Mann, der einen hellen Leinenanzug und senffarbene Schuhe trug, reichte den beiden Frauen ein Glas.

»*Salute*«, sagte er.

»Na dann«, erwiderte Billie kühl.

Katharina bedankte sich auf italienisch für die Freundlichkeit. Sie war froh, dass ihr Streit unterbrochen war. Billie hatte häufiger Lust auf Krawall, darin stand sie manchen Italienerinnen nicht nach.

»Sie haben Probleme mit der Polizei. Kann ich irgendwie behilflich sein?«

Der Akzent des Mannes war so leicht, als würden Spatzen tschilpen.

»Sie haben uns den Wagen gestohlen«, sagte Katharina, »in Montecatini Alto.« Sie streckte den rechten Zeigefinger aus und zeigte in Richtung des Bergdorfes.

»Darf ich mich setzen?«, fragte der Italiener, der kaum, dass er Platz genommen hatte, wieder aufstand und sagte, er heiße Alessandro Bensi. »Aber in Deutschland haben mich alle immer Alexander genannt.«

»Setzen Sie sich, Herr Bensi«, sagte Billie und zwinkerte Katharina zu.

»Woher können Sie so gut Deutsch?«, fragte sie.

»Ich habe über zwanzig Jahre in Bremen gearbeitet ...«

»Lassen Sie uns raten. Das machen wir immer so«, unterbrach ihn Billie, »Sie hatten bestimmt ein Restaurant.«

»Nein, nein«, wehrte der Italiener ab.

»Eine Eisdiele?«

»Falsch«, Alessandro legte den Kopf ein wenig schief. »Die Besitzer von Eisdielen kommen meist aus den Dolomiten.«

»Einen italienischen *alimentari*?«, Katharina wagte einen Versuch.

»Auch keine Lebensmittel. Ich besitze dort ein Beerdigungsinstitut.«

»Nicht auch das noch«, entfuhr es Billie, »das kann ich heute nicht mehr ab.« Sie trank ihren Spumante in einem Zug aus.

»So reagieren alle«, erwiderte Alessandro, »das bin ich schon gewöhnt. Aber den Boten trifft keine Schuld, so sagt man bei Ihnen und auch bei uns, *il messaggero non porta pena.*«

Dann musste Katharina genau berichten, wie der Autoklau vor sich gegangen war. »Ich konnte doch nicht wissen, dass mich dieser *stronzo* aus dem Wagen locken wollte. Wenn ich wenigstens schnell den Schlüssel abgezogen hätte …«

»Die lassen sich immer wieder was Neues einfallen. Auf der alten Cassia zwischen Florenz und Siena wird deutschen Autos aufgelauert. Die Touristen werden bis zu ihrem Feriendomizil verfolgt, von zwei, drei verschiedenen Fahrern, die sich abwechseln. Und während die Urlauber ihre Unterkunft inspizieren, räumen die Diebe seelenruhig den Wagen leer. Dann ist noch das gesamte Gepäck im Auto.«

»Oh, Scheiße«, sagte Katharina, »wir haben ja die ganze Ware im Kofferraum.«

Sie sah Billie voller Verzweiflung an. Drei Tage Arbeit umsonst. Katharina fuhr sich mit der Hand an den Mund, atmete tief durch.

»Was haben Sie denn eingekauft?«, wollte Alessandro wissen. Er nippte an seinem Glas.

»Wir haben eine Boutique«, antwortete Katharina nach kurzem Zögern. Billie kicherte ein wenig.

»Ich hole uns noch drei Gläschen«, sagte der Italiener.

»Lieber Cappuccino«, bat Katharina, »meine Freundin verträgt nicht so viel Alkohol.«

»Dann eben drei *cappuccini.*«

Nachdem Alessandro im »Caffè Biondi« verschwunden war, schwiegen die beiden Frauen.

Auf dem Platz vor der modernen Kirche balgten sich zwei Jungen. Alle Bänke waren von Liebespaaren in Beschlag genommen. Eine Gruppe von japanischen Touristen, deren Reiseleiter eine kleine Fahne hochhielt, marschierte vorbei. Dazwischen Trüppchen von älteren Kurgästen, die in der kurzen Fußgängerzone flanierten. Vor dem Grand Hotel parkte ein Luxusschlitten. Der Fahrer sprang aus dem Wagen, um einer eleganten Frau, die ein lilafarbenes Hutriesenrad auf dem Kopf trug, den Schlag zu öffnen.

»Nur weil wir gestern Abend zu müde gewesen sind, um den Kofferraum auszuräumen«, begann Katharina nach einer Weile, »und dabei hatte ich mir geschworen, nichts darin liegen zu lassen. Henner haben sie mal am Strand von Ostia die ganze Kameraausrüstung aus dem Kofferraum gestohlen. Einfach aufgebrochen …«

»Wenn was schiefgeht, geht immer alles schief«, sagte Billie kleinlaut, »wenigstens war das nur ein Teil der gekauften Ware.«

»Sie haben drei *cappuccini* bestellt«, sagte Alessandro. Sein strahlendes Lächeln hätte manchem Kellner gut gestanden. Vorsichtig setzte er die Tassen mit dem aufgeschäumten Milchkaffee auf den Aluminiumtisch. Billie hatte es abgelehnt, im »Biondi« einen Cappuccino zu trinken, weil er dreimal so teuer wie in der Bar nebenan war.

»Wie ein Beerdigungsunternehmer sehen Sie nicht gerade aus«, sagte sie.

»Ich habe das Geschäft auf meinen Sohn übertragen, das war vor zwei Jahren …« Alessandro unterbrach sich.

Er schaute zu Katharina hinüber. Sie war immer noch zu befangen in ihrer Aufregung, um seinen Blick erwidern zu können.

»Und was machen Sie jetzt?«, fragte Billie.

»Mal sehen, vielleicht kann ich etwas hier in Montecatini beginnen.«

Alessandro zündete sich eine Zigarette an, nachdem er den beiden Frauen eine angeboten hatte. Katharina hätte gerne geraucht, aber seit dem Beginn ihres Toskanatrips hatte sie das Rauchen aufgegeben. Der hundertste Versuch. Billie hatte noch nie geraucht. Sie war mit ihren 35 fast zehn Jahre jünger als ihre Partnerin. Rauchen gehörte für sie zu den Lastern der Elterngeneration.

»Ich hab' mit Pietro an der Bar kurz darüber gesprochen. Den *trucco* findet er ja ganz pfiffig, aber er hat mich auf eine Idee gebracht. Wie alt, sagten Sie, waren die Typen, die mit dem Wagen weggefahren sind?«

»Der Junge mit dem Hammer war neun, zehn Jahre alt, die anderen vielleicht zwanzig. Aber die hab' ich ja nur von hinten gesehen.«

»Könnten Sie den Jungen beschreiben?«, fragte Alessandro. Und es klang ganz anders als die Befragung des Polizisten vorhin. Sehr viel einfühlsamer.

»Ich würde ihn bestimmt wiedererkennen«, sagte Katharina ohne Umschweife.

»Wir könnten versuchen, ihn zu finden«, meinte der Italiener.

»Das wäre auf jeden Fall besser, als hier rumzusitzen und zu warten, dass die Polizei nichts zustande bringt«, warf Billie ein.

Sie stand auf und dehnte den Rücken.

»Aber wir können doch nicht durch die Straßen gehen und hoffen, dass er uns über den Weg läuft«, gab Katharina zu bedenken.

»Das meine ich nicht«, erwiderte Alessandro, »irgendjemand muss den Jungen gesehen haben.«

Katharina räusperte sich, bis sie sagte: »Ich glaube, der Beamte auf dem Revier hat mich nicht richtig verstanden. Mein Italienisch ist zu schlecht. Der Polizist hat kaum etwas mitgeschrieben. Er hat uns behandelt, als seien wir die Diebe und nicht die Beklauten.«

»Das können wir gleich ändern.« Nun stand auch Alessandro auf. »Ich kenne die Polizisten. Wir gehen jetzt sofort noch mal hin.«

Erst als sie schon ein paar hundert Meter vom »Caffè Biondi« entfernt waren, sagte Billie, sie hätten vergessen zu zahlen.

»Pietro kennt mich«, sagte Alessandro, »der weiß, dass ich keine Zeche prelle. So sagt man doch in Deutschland, oder?«

Alessandro ging in der Mitte, rechts von ihm Katharina, links Billie.

Unterwegs sprachen sie über Montecatini und wie es sich verändert hatte.

»Früher gab es hier jeden Tag frische Blumen auf den Straßen, es waren sehr viele reiche Kurgäste hier, die ließen eine Menge Geld da. Dann kam die große Krise, die Zahlen gingen dramatisch zurück. Heute sind es meist Busunternehmen, die in den flauen Monaten die Hotels belegen. Montecatini ist immerhin ein guter Ausgangspunkt für die Sehenswürdigkeiten in Florenz, Pisa und Lucca.«

»Ich war früher schon mal hier«, sagte Katharina, die froh war, dass es nun ein anderes Thema als den Autodiebstahl gab. Billie schien sich mehr für den Mann zu interessieren, als für dessen Erklärungen.

»Ist das lange her, dass Sie hier waren?«

Katharina ließ die Frage unbeantwortet. Wie hatte sie sich auf das Wiedersehen gefreut, und nun diese Katastrophe. Wenn man sich zu sehr auf etwas freut, hatte ihre Mutter ihr immer wieder eingebläut, tritt es bestimmt nicht ein. Ein dummer Spruch, obwohl er auf diesen Tag passte.

Alessandro kannte die Beamten auf dem Revier tatsächlich. Sie begrüßten ihn, machten anzügliche Bemerkungen, dass er gleich mit zwei Frauen auftauche, und dann auch noch *due donne straniere*, alle Achtung.

Der Polizist, der die Anzeige aufgenommen hatte, wurde herbeigeholt.

Nein, man wisse noch nichts Neues. Ja, er habe die Fahndungsmeldung natürlich unverzüglich herausgegeben. Nein, er glaube nicht, dass die Täter noch in der Gegend seien.

»Aber zwei junge Männer, die ein feuerrotes Alfa-Romeo-Cabrio fahren, müssten doch jedem Streifenwagen auffallen«, wandte Alessandro ein.

Das sei bestimmt eine Bande gewesen, sagte der Revierleiter. *Albanesi*, soviel konnte Katharina heraushören. Der Sportwagen sei längst in einer Garage verschwunden und werde umgespritzt.

Katharina spürte, wie anders die Atmosphäre im Revier nun war. Alle Polizisten gaben sich bemüht, machten Vorschläge, was zu tun sei. Einer ging ans Telefon, um eine Nachfrage weiterzuleiten. Ein anderer zeigte auf der Karte, wo Kontrollstellen postiert waren.

»Sie können mit der Anzeige, die Sie hier erstattet haben, zu Ihrer Versicherung gehen, um den Schaden zu melden«, übersetzte Alessandro, »mehr als die *denuncia* brauchen Sie nicht vorzuweisen.«

»Da wird nicht viel rauskommen. Bei älteren Gebrauchtwagen sind die äußerst knauserig.«

»*Tutto va bene*«, sagte der Beamte und gab den beiden Frauen die Hand.

Alessandro sagte, er wolle noch kurz etwas mit den Polizisten besprechen, aber komme sofort nach.

Als Katharina und Billie vor der Tür standen, hatten sie ein wenig Hoffnung geschöpft. Die Polizisten schienen ihre Angelegenheit doch nicht wie eine bloße Formalität abzuwickeln.

»Ohne diesen Beerdigungsunternehmer hätten wir das nicht geschafft«, sagte Katharina. Sie sah, wie in der Via Puccini zwei Jugendliche mit ihren Mofas ein Rennen veranstalteten.

»So ein richtiger italienischer Dandy«, fügte Billie ein, »mir gefällt er! Und dir?«

»Du hättest ihn vorhin doch fast abblitzen lassen.«

»Das war nur Bluff. Ich habe noch nie Männer gemocht, die mit einem Getränk an den Tisch kommen und sich auf diese Weise einschmeicheln wollen. Diesmal hab' ich mich geirrt. Wie alt schätzt du ihn?«

»Schwer zu sagen«, antwortete Katharina, »Anfang 50, mehr bestimmt nicht.«

Es dauerte eine ganze Weile, bis Alessandro herauskam. Er hatte eine Zigarette im Mund.

Als sie die Straße hinuntergingen, sagte er: »Ich kann Ihnen erklären, warum Sie so von oben herab behandelt worden sind.«

»Ach, das haben Sie sich getraut zu fragen«, unterbrach ihn Billie.

»Es gab neulich eine Geschichte von zwei deutschen Frauen in der Nähe von Turin: die haben ihren Wagen als gestohlen gemeldet. Die Polizei hat mit allen Mitteln versucht, das Auto zu finden, aber ein Beamter hat den Frauen nicht getraut. Er hat sie so lange observiert, bis sie aus dem Hotel abreisten. Und siehe da, der Wagen war plötzlich wieder da. Sie wollten in dem als gestohlen gemeldeten Auto nach Hause fahren. Der Polizist hat sie gestellt und die Geschichte sofort an die Presse gegeben. Mit Bild und allem. Überschrift: So betrügen deutsche Urlauber ihre Versicherungen.«

»Aber das ist doch die Höhe«, Katharina war entsetzt, »damit haben wir doch nichts zu tun.«

»Ich habe mich für Sie verbürgt«, versuchte Alessandro die aufbrausende Deutsche zu beruhigen.

»Wie generös«, sagte Billie.

»Die Geschichte ging vor einigen Wochen durch die Presse, und da dachte der Revierleiter ...«

In diesem Augenblick fuhr ein roter Alfa an ihnen vorbei.

»Mein Auto …«, Katharina wollte los spurten. Dann sah sie, dass sie sich getäuscht hatte. Es war kein Cabrio.

»Meinen Sie denn, dass die Polizei wirklich etwas unternimmt?«, fragte Billie, als sie die brachliegende Baustelle des Kurhauses erreicht hatten.

»Da muss ich Sie enttäuschen. Von denen ist kaum eine Hilfe zu erwarten. Die sitzen jetzt da und warten ab.«

»Aber vorhin schien mir …«, Katharina spürte, dass ihr Puls wieder schneller ging.

»Das haben die nur gemacht, um Ihnen in meiner Gegenwart zu imponieren. – Wissen Sie, warum die Carabinieri immer zu zweit auf Streife gehen müssen?«

Katharina und Billie schüttelten ihre Köpfe.

»Der eine kann lesen, der andere schreiben.«

Während Billie laut lachte, bekam Katharina nur ein heiseres Glucksen heraus.

3

Collodi

»Wir hätten auch losen können«, sagte Katharina, »wenn du lieber hiergeblieben wärst.«

Billie wehrte ab: »Nein, ist schon gut so. Du sprichst Italienisch, und außerdem ist es dein Wagen. Ich find' es nur schade, dass ich nicht ans Meer gekommen bin.«

»Das nächste Mal ganz bestimmt, dann fahren wir gleich an die Küste.«

Die beiden Frauen standen am Bahnhof von Montecatini Terme und warteten auf den Regionalzug nach Florenz. In der Nacht hatten sie entschieden, dass Billie nach Freiburg zurückfahren sollte, um die Formalitäten mit der Versicherung zu regeln. Das Konto hatten sie umgehend sperren lassen. Katharina wollte auf das Angebot von Alessandro eingehen, auf eigene Faust Nachforschungen anzustellen.

»Um diesen Herrn Bensi beneide ich dich.« Billie drückte ihre Handtasche an sich. »Für den würde ich mir sogar dieses geliebte Stück klauen lassen.«

Der Italiener kam mit einem Stapel deutscher Zeitungen, einer Flasche Wein und *tramezzini*, dick belegten Sandwiches, die er am Bahnhofskiosk gekauft hatte.

»Ein bisschen Proviant muss sein. Wenn ich von Bremen mit dem Zug nach Italien gefahren bin, habe ich immer schon in Hannover Hunger gehabt.«

Er reichte Billie die Plastiktüte.

»*Grazie, molto grazie*«, sagte Billie. Und es klang fast perfekt.

Katharina und Alessandro winkten ihr lange nach.

»Sie haben eine sehr nette Freundin«, sagte der Italiener.

»Das finde ich auch«, erwiderte Katharina.

»Machen wir uns auf den Weg«, forderte Alessandro sie auf. »Ich denke, wir fahren zunächst nach Montecatini Alto. Irgendjemand muss die Jugendlichen ja dort gesehen haben.«

Als einen poetischen Bestatter hatte sich Alessandro am Abend zuvor bezeichnet. Die beiden Frauen hatten den Italiener beim Abendessen regelrecht ausgefragt. Alessandro erzählte gerne von sich, schien froh zu sein, mal wieder deutsch reden zu können. »Zuerst fing ich an, kleine künstlerische Programme zusammenzustellen. Mit Liedern und Lieblingsgedichten der Verstorbenen. Als ich merkte, welche Freiräume das deutsche Bestattungsrecht bietet, waren der Phantasie keine Grenzen gesetzt. Einmal habe ich die Beerdigungsfeier wie ein Tangofest inszeniert, weil die Verstorbene es so wollte. Alle Angehörigen tanzten mit Blick auf den offenen Sarg, in dem die Tote lag. Sie trug ihr schwarzes Tanzkleid mit einer roten Rose im Ausschnitt.« Billie hatte wissen wollen, was einen Italiener ins nasskalte Bremen und dann auch noch in ein Beerdigungsinstitut verschlagen habe. »Es war die

Liebe«, hatte Alessandro ihr geantwortet, »und wenn die groß genug ist, folgt man ihr blindlings. Selbst in ein fremdes Land.« Er hatte Literatur und Germanistik in Siena studiert. Bei einer Exkursion nach Deutschland hatte er Petra kennengelernt, die einzige Tochter eines alteingesessenen Beerdigungsunternehmers aus Bremen. »Es war nicht leicht, ihre Eltern davon zu überzeugen, dass wir heiraten wollten. Aber wir haben uns durchgesetzt. Ich habe das Gewerbe von der Pike auf gelernt. So sagt man doch, oder? Nach dem Tod meines Schwiegervaters habe ich dann das Unternehmen übernommen und auf meine Weise umgestaltet.« Warum er denn das Geschäft auf seinen Sohn übertragen habe, hatte Katharina ihn gefragt. »Meine Frau ist vor vier Jahren bei einem Unfall ums Leben gekommen.« Mehr hatte Alessandro nicht dazu gesagt. Nach dem Essen wurden sie von dem Italiener in ihr Hotel zurückgebracht. »Das Astoria ist bei Deutschen sehr beliebt, aber viel zu teuer«, hatte er die vier Sterne kommentiert. »Siehst du, Katta«, fügte Billie an, »wie ich dir gesagt habe.«

Alessandro parkte den Wagen fast an der Stelle, an der Katharina am Tag zuvor ihr Alfa-Romeo-Cabrio abgestellt hatte. Sie konnte sich an die kleine Felsnase erinnern, auf der ein Platanenbäumchen wurzelte.

In der Metzgerei begannen sie ihre Suche. Katharina musste die drei Jungen beschreiben. Alessandro half ein wenig dabei und erzählte seinerseits, wie der Deutschen der Wagen gestohlen worden sei. »*Non è vero, maledetti bimbi*«, bekam Katharina zu hören. Sofort wurde ihr Mitleid gezollt. Aber gesehen hatte das

Metzgerehepaar niemanden. Nicht anders ging es ihnen in der Apotheke, dem Schuhladen und beim Juwelier.

Franco kam aus »La Torre« heraus, begrüßte Alessandro überschwänglich wie einen alten Bekannten. Als er Katharina erblickte, fragte er sofort, ob es etwas Neues gebe. Er habe gestern Abend schon bei der Polizei angerufen, aber nichts in Erfahrung bringen können.

»Ich mache euch was zu essen, bitte seid unsere Gäste. Tut mir wirklich leid für Sie, *signora*«, sagte Franco. Alessandro erklärte ihm, dass sie selbst ein paar Nachforschungen anstellen würden. »Die Polizisten sitzen sich ja nur die Ärsche auf dem Revier platt.« Er wandte sich an Katharina: »Wir haben in Italien sechs verschiedene Sorten von Polizisten, die alle miteinander darum konkurrieren, wer mit dem geringsten Einsatz die Pension erreicht.« Dann schimpften Franco und Alessandro ausgiebig auf die *carabinieri*.

»Die drei hab' ich gesehen«, sagte Giuseppe Cusatelli, »die sind gestern mit der ersten Bahn nach der Mittagspause raufgefahren. Waren ziemlich frech.« Der Fahrer der *funicolare* konnte sich gut erinnern. Er habe sie ermahnt, nicht so einen Radau zu machen, es seien noch andere Fahrgäste im Zug. »Und als ich sie angeblafft habe, zog der kleinste von denen doch tatsächlich einen Hammer aus der Hosentasche. Beinah hätte ich ihm den weggenommen, aber das war schon kurz vor der Ankunft.«

»Italiener?«, fragte Alessandro.

»Ganz bestimmt.«

»Wie alt waren sie denn?«

»Na, der Kleine, der war acht, neun Jahre, so wie mein Jüngster, die anderen beiden vielleicht fünfzehn, sechzehn.«

»Sind Sie da sicher?«, fragte Alessandro und schaute Katharina an.

»Ziemlich sicher. Auch wenn ich die noch nie hier gesehen habe, ich kann mich genau an sie erinnern.«

Giuseppe Cusatelli beschrieb zunächst den Kleinen mit den stacheligen Haaren, dann die beiden älteren. Zwei Jünglinge, die so taten, als seien sie schon erwachsen. Sie hätten geraucht, obwohl es streng verboten sei, in der Bahn zu rauchen. Und einen Führerschein hätten die bestimmt auch noch nicht gehabt. »Der eine von denen sah dem Jüngsten ziemlich ähnlich, könnte sein Bruder gewesen sein.«

Sie bedankten sich bei dem Fahrer der Zahnradbahn.

»Sieht so aus, als seien die drei mit dem Vorsatz hier raufgekommen, das Ding zu drehen«, sagte Alessandro, als sie wieder auf der Piazza Guisti standen. »Schade, dass sie niemand erkannt hat. Das Trio scheint jedenfalls nicht von hier zu sein. Aber es sind wenigstens keine *albanesi*. Dann würden die Chancen nicht so gut stehen, dass Sie den Wagen wiederkriegen.«

Am Souvenirladen, der gleich neben dem großen Brunnen lag, entdeckte Katharina eine Holzpuppe mit einem spitzen Hut und einer langen Nase.

»So eine hatte ich früher als Hampelmann, hing bei mir am Fenster. Jeden Morgen nach dem Aufstehen hab' ich an der Strippe gezogen.«

»Ach, Sie kennen unseren Pinocchio?«

Katharina nahm die rotnasige Holzpuppe in die Hand.

»Nicht besonders gut. Aber irgendwie hatte der kleine Frechdachs es mir damals angetan. Ich hatte ein Bilderbuch mit seiner Geschichte. An eine Szene kann ich mich noch gut erinnern, die hat mich angerührt. Wie Pinocchio seinen Vater, den Holzschnitzer, wie hieß der noch?«

»Geppetto«, sagte Alessandro.

»Wie Pinocchio nach Jahren Geppetto im Bauch des Haifisches wiederfindet. Der alte, weißhaarige Vater sitzt am gedeckten Tisch, auf dem eine Kerze brennt. Die ungeheure Freude des Wiedersehens der beiden, daran kann ich mich noch erinnern, aber seine Streiche …«

»Pinocchio ist für unsere Kinder in Italien so wichtig wie die Märchen der Brüder Grimm für deutsche Kinder.«

Beim Essen sprach Alessandro mit Franco darüber, wo sich die drei Autodiebe in der Stunde zwischen der Ankunft der *funicolare* und dem Diebstahl aufgehalten haben könnten.

Franco meinte, die hätten sich bestimmt zwischen den parkenden Wagen herumgetrieben. Denn im Städtchen seien sie ja wohl nicht aufgetaucht, sonst hätte sie bestimmt jemand gesehen.

Es dauerte keine Viertelstunde, da stand eine junge Frau an ihrem Tisch, die sagte, sie habe gesehen, wie das Trio eingehend die Autos in der Via Rotonda inspizierte. Eine Zeitlang habe sie die drei auch beobachtet. Sie habe die Jungen ansprechen wollen, weil es ihr so vorgekommen sei, dass sie irgendwas vorhatten, aber dann habe sie anderes zu tun gehabt. »Tut mir wirklich leid für Sie, *signora*«, entschuldigte sich die Frau, bevor sie davonging.

Es hatte sich schnell in Montecatini Alto herumgesprochen, dass die Deutsche, der gestern auf so eine unverschämte Weise der Wagen gestohlen worden war, wieder im Dorf war. Immerhin ein wertvolles Alfa-Romeo-Cabrio, eine Rarität.

Nach dem Essen fragte Alessandro: »Wollen wir Carlo Collodi besuchen?«

»Wen?«

»Ich meine Pinocchio.«

Katharina zögerte nicht lange. »Ja, warum nicht. Hier kommen wir im Moment doch nicht weiter.«

Franco hatte ihnen versprochen, dass er Alessandro auf seinem Handy Bescheid geben würde, wenn noch jemand etwas über die Autodiebe in Erfahrung bringe. Statt einer Rechnung überreichte er zwei Stückchen *torta della nonna*, die Mandeltorte, die immer noch nach Großmutters Rezept gebacken wurde.

Die Fahrt nach Collodi ging über die Berge, *la svizzera pesciatina*, die pesciatinische Schweiz. Dichte Laub- und Nadelwälder bedeckten die Hügel. Eine schmale Straße führte sie durch Marliana, Vellano, Pietrabuona.

»Carlo Collodi, der literarische Vater von Pinocchio, hieß eigentlich Carlo Lorenzini, aber er hat sich später nach dem Geburtsort seiner Mutter benannt. Er muss ein wirklicher Lebenskünstler gewesen sein. Staatsbeamter, Journalist, Schriftsteller, Faulpelz und Spieler in einem. ›Pinocchios Abenteuer‹ ist nur entstanden, weil Collodi mal wieder nicht wusste, wie er seine Spielschulden begleichen sollte. So kam ihm der Auftrag, für eine neue Kinderzeitschrift eine Fortsetzungsgeschichte zu schreiben, sehr gelegen. Mit der Lieferung der ersten Folge schrieb er an die Herausgeber in der Zeitungsredaktion, es handele sich um eine Kinderei, und wenn sie gefalle, dann solle man ihn gut bezahlen, damit er auch Lust habe, weiter an der Geschichte von dem *burattino* zu schreiben. Collodi war ein Bohemien, besuchte Kaffeehäuser und kochte gerne. Zeitlebens war er Junggeselle.«

Alessandro parkte seinen Wagen neben einer Souvenirbude, in der Tausende von Pinocchios nebeneinander baumelten. Die Größten von ihnen waren mehr als einen Meter hoch.

»Ich bin oft mit meinen Kindern hierhergegangen. Wenn wir aus Deutschland zu Besuch kamen, waren wir fast immer hier.«

C'era una volta

– Un re! diranno subito i miei piccoli lettori

No, ragazzi, avete sbagliato. C'era una volta un pezzo di legno.

Auf einer Tafel am Eingang des Pinocchio-Parks standen die ersten Sätzen der Geschichte.

»Es war einmal …

– Ein König! – werden sofort meine kleinen Leser ausrufen.

Nein, Kinder, da irrt ihr euch. Es war einmal ein Stück Holz.«

Um einen quadratischen Platz war ein farbiges Steinmosaik entstanden, auf dem die wichtigsten Stationen der Geschichte abgebildet waren. Katharina erkannte den schnurrbärtigen Polizisten und die geringelte Schlange, den verschlagenen Kater und das Gasthaus zum Roten Krebs.

»Dieses Bild haben meine Kinder immer am liebsten gemocht«, sagte Alessandro und zeigte auf einen Ringelreihen von tanzenden Schülern, »daneben steht nämlich: Nieder mit der Schule!«

Katharina war überrascht, wie der *Parco Monumentale di Pinocchio* von Künstlern gestaltet worden war. Metallskulpturen, die im Sonnenlicht glänzten, fabulöse Schöpfungen des Katers und der Füchsin, eine übergroße Schlange aus Bronze und die Darstellung der vier Kaninchen mit dem Sarg, die Pinocchio als Drohung erschienen, als er seine Medizin nicht nehmen wollte.

Alessandro kannte die Geschichte der Holzpuppe, die zu einem richtigen Jungen aus Fleisch und Blut werden wollte, in all ihren Verwicklungen. Und er erzählte sie stets mit seinem persönlichen Kommentar. Als sie am Goldmünzenbaum ankamen, er bestand aus zwei Kugeln, die von strahlenförmig auseinanderstrebenden Stangen gebildet wurden, sagte er: »Können Sie sich noch an das Land Dummenfang erinnern?«

»Nein, leider nicht«, antwortete Katharina, die es genoss, von so einem Cicerone geführt zu werden.

»Der Feuerfresser hat Pinocchio fünf Goldstücke geschenkt, damit er seinem Vater eine Joppe kaufen kann. Der blinde Kater und die lahmende Füchsin haben davon Wind bekommen und sagen, er solle das Geld im Wunderfeld vergraben, damit es sich vermehre. Über Nacht würden die Geldstücke keimen, und am nächsten Morgen stünden dort Bäume voller

Goldstücke. Natürlich erst, wenn er das vergrabene Geld gut gewässert und mit einer Prise Salz bestreut habe. Pinocchio folgt begeistert dem Ratschlag und sieht natürlich seine fünf Goldstücke nie wieder. Als Kinder haben wir immer über diese Stelle gelacht, weil wir niemals so dumm wären, auf Kater und Füchsin hereinzufallen. Aber heute weiß ich, da karikiert Collodi bestimmt ein wenig sich selbst und wie es ihm beim Kartenspiel ergangen ist. Immer die Illusion vom großen Gewinn.«

Eine Gruppe von Kindern drängelte sich staunend vor einem weißgekälkten Haus, *la casina della Fata*, in dem die gute Fee wohnte. Als Dachfirst dienten leere, grüne Weinflaschen.

Nun sah Katharina das riesige, aufgerissene Maul des Haifisches. Durch seine dichtstehenden Zementzähne konnten die Besucher hineingehen, um den alten Geppetto zu besuchen. Eine Flasche Wein und eine geöffnete Konservendose standen auf dem Tisch.

»Der Haifisch hatte glücklicherweise nach Geppettos Boot noch ein ganzes Handelsschiff verschluckt, auf dem sich genügend Proviant befand, so dass der alte Holzschnitzer nicht verhungerte«, sagte Alessandro. »Der Hai hatte nur den Mastbaum des Schiffes wieder ausgespuckt, weil er ihm wie eine Gräte zwischen den Zähnen hängenblieb.«

Katharina verharrte eine Zeitlang vor Geppetto, betrachtete eingehend die Szenerie.

»Sie haben Ihren Vater sehr früh verloren, stimmt's?«, fragte Alessandro leise.

Katharina nickte, ohne etwas zu sagen.

Sie stiegen gemeinsam über den Rücken des Haifischs nach oben. In regelmäßigen Abständen schoss Wasser in die Höhe und erschreckte die Kinder, die das Spiel mit der Angst vor der Fontäne genossen.

»Haben Sie Kinder?«, fragte Alessandro.

»Ja, einen Sohn. Er hat letztes Jahr Abitur gemacht und studiert in Göttingen, genau wie sein Vater früher.«

Alessandro berichtete von seinen beiden Kindern, die in Bremen lebten. Seine Tochter arbeite als Informatikerin an der Universität.

»Komm jetzt endlich her«, schrie ein Mann, »ich habe keine Lust mehr, mich hier mit dir rumzuärgern. Wenn du nicht sofort herkommst, fahren wir heute noch nach Hause.«

Katharina stieß Alessandro an.

»Ein Deutscher, der schreit am falschen Ort«, flüsterte sie.

Der Mann rannte seinem Sohn hinterher, stolperte und fiel zum Vergnügen aller Kinder in den Teich vor dem riesigen Haifisch.

Er bekam Applaus. Prustete, schüttelte sich wie ein Hund. Sein Fünfjähriger hielt sich hinter einem Busch versteckt.

»Wahrscheinlich wird er nicht wissen, was die italienischen Kinder mit dieser Szene verbinden«, sagte Alessandro lächelnd.

»Wieso?«, fragte Katharina.

»Na, in dem Moment, in dem Geppetto seinem Pinocchio Beine geschnitzt hat, läuft der ihm doch fort. *Quando le gambe gli si furono sgranebite, Pinocchio cominció a camminare da sé e correre per la stanza …*

Als sich die Beine gelockert hatten, begann Pinocchio von alleine im Zimmer herumzulaufen, dann schritt er über die Türschwelle und nahm Reißaus. Und der arme Geppetto versuchte ihm zu folgen, aber konnte ihn nicht einholen. Pinocchio machte Sätze wie ein Hase und raste davon …« Alessandro unterbrach sich plötzlich. Er schaute Katharina an, die aufgeregt seiner Erzählung gefolgt war. »Oh, Entschuldigung, das passt ja vielleicht doch nicht ganz in diesem Augenblick, oder?«

Als sie vor der Bronzeplastik von Pinocchio am Ausgang des Parkes standen, sagte Alessandro: »Wissen Sie, wie man Lügen erkennt? Es gibt nämlich zweierlei Lügen, so heißt es bei Collodi, die einen haben kurze Beine und die anderen eine lange Nase.«

4

Pescia

Alessandro holte Katharina gegen Mittag an der Albergo Vicenza ab, in die sie umgezogen war. Die kleine Familienpension lag in Montecatini Terme direkt gegenüber der Polizeistation.

Den Vormittag hatte sie in der Tettuccio-Terme verbracht. Diesmal ohne die motzige Billie. Wieder war sie von dem eigenartigen Flair dieser vergangenen Pracht gefangen. Sie brauchte nur die Augen zu schließen, und schon war sie um Jahre zurück. Wie sie damals mit ihrer Mutter zur Kur nach Montecatini gekommen war. Anfangs hatte sie das brave Städtchen überhaupt nicht gemocht. Aber dann wollte sie gar nicht wieder abreisen …

»Wir fahren auf den Markt und treffen ein paar Freunde«, sagte Alessandro, als er sich hinters Steuer gesetzt hatte. Er trug eine helle Schirmmütze und eine schmale Sonnenbrille, die er abnahm, um sie kurz anzulächeln.

»Haben Sie gestern Abend noch etwas in Erfahrung bringen können?«, fragte Katharina und ließ den Sicherheitsgurt einrasten.

»Es gibt einen Hinweis«, erwiderte Alessandro gelassen, »nachdem ich eine Zeitlang telefoniert habe, mal sehen. Wir fahren schnell an dem Lokal vorbei …«

Katharina hatte in der Nacht lange mit Billie telefoniert, die pünktlich in Freiburg angekommen war und sich sofort an ihren Versicherungsvertreter gewandt hatte. Keine besonders freundlichen Nachrichten. Es sei ziemlich schwierig, den Wert eines so alten Autos zu schätzen, hatte er ihr mitgeteilt, selbst wenn es sich um ein gesuchtes Liebhabermodell wie das Alfa-Romeo-Cabrio handelte. Billie war ziemlich sauer gewesen, dass der Versicherungsvertreter sich auf keine Summe festlegen wollte.

»Sie bleiben besser im Wagen. Ich möchte nicht, dass Sie da hineingezogen werden.«

»Wo hineingezogen?«

Statt einer Antwort legte Alessandro den rechten Zeigefinger an seine Lippen.

Katharina sah, wie er in einem Lokal verschwand. »Bar da Pippo« stand über der Tür, die mit Aufklebern aus aller Welt bepflastert war. Durch die Scheiben konnte sie beobachten, wie Alessandro den Barmann ansprach und dann in den hinteren Teil des Lokals geführt wurde.

Katharina war ein wenig mulmig zumute. Warum nahm dieser Herr Bensi das alles auf sich? Hatte er so viel Zeit, sich um ihre Angelegenheiten zu kümmern? Das war doch ganz allein ihre Sache. Den Wagen werde ich bestimmt niemals wiedersehen, dachte sie, damit muss ich mich abfinden. Zu Billie hatte sie am Telefon gesagt, dass sie sich ins Konsulat nach Florenz begeben müsse, um einen vorläufigen Pass für die Ausreise zu bekommen. Auch wenn es kaum noch Kontrollen in den Zügen gebe, sie wolle irgendein offizielles Papier dabeihaben. Das sei sicher bloß eine Formalität. Erst nach und nach war ihr bewusst geworden, was sich alles im Auto und in ihrer Handtasche befunden hatte und nun verloren war. Als würde sie nicht verkraften, den ganzen Schaden auf einmal zur Kenntnis zu nehmen.

Alessandro war zurückhaltend, das gefiel Katharina. So einen Italiener hatte sie bisher noch nicht kennengelernt. Seine Freundlichkeit und seine Fürsorge nahmen sie durchaus für ihn ein. Wie er ihre Sache zu seiner machte. Als sei ihm der Wagen gestohlen worden. Sie mochte seine elegante Art sich auszudrücken. Seine leicht singende Sprache, er betonte die Vokale ganz besonders. Manchmal dauerte es eine Weile, bis er die passende Formulierung gefunden hatte. Allein der gestrige Besuch in Collodi war es wert gewesen hierzubleiben. Wie er ihr den Kinderpark gezeigt hatte. Diese Begeisterung. Und dieser ganz eigene Blick. Wie er für sie den Frechdachs Pinocchio wieder lebendig werden ließ. Alessandro konnte ganze Passagen aus dem Buch auswendig. Besonders schön hatte sie es gefunden, wenn er sie zunächst auf Italienisch zitierte. Wie hatte er zum Schluss gesagt: Nachdem aus Pinocchio endlich ein braver Junge aus Fleisch und Blut geworden ist, wird sein Leben ziemlich langweilig.

Ein poetischer Bestattungsunternehmer aus Bremen. Dass Billie und sie ausgerechnet an so einen geraten waren. Aber auch ein poetischer Cicerone, dem sie gerne zuhörte. Das hatte sie gestern gespürt. Wie er plötzlich mitten in der Erzählung abgebrochen hatte, als er merkte, dass ihr die Geschichte zu nahe ging. War sie nicht wie der alte Geppetto vergeblich hinter dem Lausebengel her gespurtet?

Wenn Billie statt ihrer in Montecatini geblieben wäre, dachte Katharina, hätte sich zwischen den beiden bestimmt etwas angebahnt.

»Schade«, sagte Alessandro, als er wieder in den Wagen stieg, »ich hatte gedacht, Pippo würde uns weiterhelfen können. Aber der weiß wirklich von nichts.«

Katharina drehte sich zu ihm um. »Wer ist denn dieser Pippo?« Sie spürte, dass Alessandro zunächst um eine Antwort verlegen war.

Er startete den Motor.

»Pippo war früher mal in Autoschiebereien verwickelt, hatte sich auf besondere Autos spezialisiert. Luxusschlitten und Oldtimer. Hat ein paar Jahre abgesessen. Jemand sagte mir, wenn es eine von diesen Jugendlichenbanden gewesen ist, dann müsste Pippo etwas darüber wissen. Bisher hatten wir so was noch nicht in Montecatini, aber diese Banden schicken Jugendliche vor, erzählen was vom großen Geld und vom großen Abenteuer und lassen sie für die Organisation Autos klauen …«

»Mafia?«

»Nein, nein«, wehrte Alessandro ab, »nicht alles, was in Italien an Verbrechen geschieht, hat mit der Mafia zu tun.«

Kurz vor halb eins kamen sie an den Markthallen an. Alessandro stellte Katharina seinen Freunden Didi und Marcello vor. Er erklärte, die beiden würden jeden Mittag zusammen essen gehen. Das sei für sie ein festes Ritual. Mittags die Freunde, abends Frau und Familie.

Zur Begrüßung nahmen sie in der »Bar Mercato« ein Gläschen Spumante. An einem Tisch spielten vier Männer Karten. Hinter dem langen Marmortresen stand der Besitzer und wusch die Gläser. An den Wänden hingen großformatige Landschaftsbilder in zarten Aquarellfarben.

»Auf Didi müssen Sie aufpassen«, sagte Alessandro zu Katharina, »der flirtet mit jeder Frau. Aber er ist eigentlich ganz ungefährlich.«

»*Que hai detto*?«, fragte Didi.

»*Niente importante*«, erwiderte Katharina.

Didi war Steuerberater und zugleich Versicherungsvertreter für eine Schweizer Firma. Seine welligen Locken, die bis auf die Schultern hingen, ließen ihn wie einen verspäteten Hippie aussehen. Bronzefarbene Haut, hellbraune Augen, leicht hängende Schultern. An seinem Hals baumelte ein goldener Talisman.

Rothaarige Frauen habe er immer am liebsten im Arm gehalten, sagte Didi und spielte auf Katharinas Haarfarbe an. Die seien so offen für alles.

Alessandro unterbrach ihn: »Wohin gehen wir heute essen?«

Nun setzte in der Bar eine große Beratung ein. Jeder machte einen Vorschlag. Auch die Männer, die Karten spielten, nannten Lokale. Katharina bekam gar nicht alle Namen mit. Dieses wurde gelobt, jenes brüsk abgelehnt. Da würde man doch auf keinen Fall mehr hingehen. »Da Cecco« habe immer noch einen guten Ruf.

Dort seien sie schon lange nicht mehr gewesen. Lauter Experten des guten Geschmacks.

Marcello, der Gemüsegroßhändler auf dem Markt war, zückte als erster sein Handy. Er tippte eine Nummer ein und fragte, ob es denn noch für vier, fünf, nein eher sechs Personen Platz gebe. Marcello war einen Kopf kleiner als Didi. Seine lustigen, dunklen Augen erinnerten Katharina an einen früheren Freund.

Didi zeigte am Tresen einer Blumenverkäuferin einen Kartentrick, nicht ohne immer wieder Blickkontakt mit Katharina aufzunehmen. Am Schluss deckte die junge Frau den Kreuzbuben auf. »Siehst du«, sagte Didi, »das bin ich. Wann treffen wir uns? Ich bin heute Abend noch frei.«

Nach einem weiteren Gläschen Spumante stiegen sie in die Autos und fuhren nach Pescia zu »Cecco«. Die kleine Stadt lag nur wenige Kilometer von Montecatini Terme entfernt, sie war für ihre Blumenmärkte bekannt. Vom *mercato dei fiori* wurden täglich Millionen von Schnittblumen, Nelken und Gladiolen in alle Welt geschickt.

Cecco und sein Koch begrüßten die Männerfreunde, als hätten sie sich gestern erst getrennt. Katharina wurde als Freundin Didis vorgestellt.

»*Non è vero*«, wehrte Didi ab. Katharina sei mit Alessandro da, er habe immer so ein Glück mit Frauen, speziell wenn es sich um schöne deutsche Frauen handele, die dazu auch noch rothaarig seien.

Cecco zählte Gerichte auf, die auf keiner Karte standen. Spezialitäten des Hauses. Es dauerte eine ganze Weile, bis sie ein mehrgängiges Menü zusammengestellt hatten. Katharina solle am Besten von allem probieren, denn so schnell komme sie ja bestimmt nicht wieder nach Pescia.

Danach musste sie ausführlich berichten, wie der Autoklau vor sich gegangen war. Sie merkte, dass ihr Italienisch gewandter wurde. »Beinah hätte ich den kleinen Kerl zu fassen gekriegt, aber er war mir immer einen halben Schritt voraus.« Sie sah, wie gespannt ihr alle zuhörten. Manchmal schenkte ihr jemand ein Wort, das ihr gerade nicht einfiel.

»Was hätte es genutzt?«, fragte Marcello mit einem sanften Lächeln. »Sie hätten ihn vielleicht einen Moment festgehalten, aber als Ihr Wagen vorbeifuhr, hätten Sie den Kerl bestimmt sofort losgelassen und wären dem Alfa hinterhergerannt. Darin besteht ja der Trick. Ein doppeltes Ablenkungsmanöver, das haben die so einkalkuliert.«

Cecco stellte Rotwein und Weißwein in großen Karaffen auf den Tisch.

Katharina bat um eine Flasche Wasser, sie sei sehr durstig.

Alessandro erzählte, was er bisher unternommen hatte. Leider sei Pippo keine Hilfe gewesen, obwohl der Hinweis, ihn zu fragen, so brauchbar erschienen sei. Pippo sei ziemlich alt geworden.

»Das waren die Albaner«, sagte Marcello, »seitdem die hier aufgetaucht sind, haben wir keine ruhige Minute mehr. Vorige Woche hat einer meiner Obstlieferanten seinen Wagen vor dem Markt offen stehenlassen, um schnell ein paar Kisten auszuladen. Kaum hatte er sich umgedreht, ist jemand in seinen Wagen gesprungen und damit weggefahren. Sie sehen, *signora*, es trifft nicht nur die Ausländer.«

Die Antipasti kamen. Grüne und braune Böhnchen in Olivenöl mit mariniertem Stockfisch. Das Lokal war weithin für seine Gerichte mit *stoccafisso* bekannt.

»Neulich hat die Frau eines Bekannten ihren 50. Geburtstag gefeiert, und wisst ihr, wie er darauf reagierte?«, fragte Didi in die Runde. Er wartete einen Augenblick mit der Pointe. »Er hat seine Frau gegen zwei 25-jährige eingetauscht.«

Die Männer lachten laut. Auch Alessandro lachte mit.

Noch bevor die Spaghetti auf den Tisch kamen, merkte Katharina, dass sie von der Konversation ausgeschlossen war. Ab und zu prostete ihr einer zu. Dann wandte er sich wieder von ihr ab. Als sei sie gar nicht anwesend.

Manchmal lachte sie über einen Witz und dachte dabei, den dürfte man in Freiburg nicht erzählen. Sie merkte, wie anders Alessandro plötzlich war. Als habe er zwei Gesichter. Dies hier war seine Männerwelt, in der Frauen keinen Platz hatten.

Immer wieder kamen die Gespräche auf die politischen Verhältnisse im Lande. Wie oft die Regierungen in Rom schon versprochen hätten, dass nun endlich ihre Hände sauber sein würden, *mani puliti*, so hieß die Parole, statt dessen seien die Hände immer nur noch schmutziger geworden. *Mani più sporci.* Und jeder wusste eine Geschichte zu erzählen, wie sich die Politiker rücksichtslos an ihrem Wahlvolk bereicherten.

Katharina beobachtete Alessandro, der ihr auf der Rückfahrt von Collodi erzählt hatte, wie schwer es für ihn gewesen sei, nach so vielen Jahren in Deutschland wieder in Italien Fuß zu fassen. Man habe ihn lange wie einen Fremden behandelt. Wie jemand, der zum Ausländer geworden war. »Wer seine Heimat verlässt, gleicht einem Verräter.« Bei diesem Mittagessen sah es jedoch nicht so aus. Wenn auch Didi der Wortführer war, der *Belami* bei Tisch, und Marcello sein bester Freund und Zuhörer, so war Alessandro doch völlig integriert. Er steuerte viel zur Unterhaltung bei.

Kurz bevor der Nachtisch aufgetragen wurde, erschien Giovanni. Wieso er sich so verspätet habe, fuhren die Männer ihn an. Den mittäglichen Treff mit den Freunden zu vergessen schien eine Sünde zu sein. Giovanni entschuldigte sich, er habe die ganze Praxis voller Patienten gehabt.

Dieses Mal stellten sie Katharina als Professorin aus Deutschland vor, die in Italien die Essgewohnheiten der Männer im besten Alter studieren wolle.

»*Non è vero*«, verteidigte sich Katharina. Man habe sie nur in dieses Restaurant geschleppt, um ihr zu zeigen, wie höflich man sich gegenüber einer ausländischen Frau benehmen könne.

Cecco ratterte die Gerichte herunter, die von den anderen bestellt worden waren. Giovanni war sofort einverstanden, Hauptsache, er bekomme endlich einen Schluck Wein zu trinken.

»Manchmal behauptet er, er sei Schuhverkäufer, dann wieder Gehirnchirurg. Giovanni ist ein ganz

Durchtriebener, lassen Sie sich mal seinen Pass zeigen«, sagte Didi und beugte sich zu Katharina hinüber.

Giovanni holte seinen Pass hervor. Er zeigte auf das Geburtsjahr. »Amtlich berichtigt: 1955« stand da deutlich zu lesen.

Katharina sah den Arzt an. Sie hätte ihn für sehr viel älter gehalten. Giovanni konnte gewiss nicht erst 45 Jahre sein.

»Das hat er nur für die Frauen gemacht, um denen zu imponieren«, erklärte ihr Didi, »tatsächlich ist er Jahrgang 1935.«

»Den kleinen Eintrag im Pass hat ihm ein Freund in der Behörde gemacht«, ergänzte Marcello. Mit dem rechten Zeigefinger zog er das untere Augenlid hinunter. »Clever, was?«

Verstohlen blickte Katharina auf die Uhr. Sie saßen nun schon mehr als zwei Stunden bei »Cecco«. Musste denn niemand von den Männern mehr arbeiten? Wenn Billie und ich jeden Mittag so eine lange Pause mit Vier-Gänge-Menü und reichlich Wein machen würden, wären wir bald pleite. Sie wollte Alessandro nachher danach fragen. Zu dumm, dass nachmittags das Konsulat in Florenz geschlossen war. Sie würde gleich morgen früh dorthin fahren müssen.

»Wisst ihr, was gestern bei den Marinis los war? Die Mutter erwischt ihre Tochter Susanna plötzlich im knallroten Spitzen-Dessous, wie sie sich im Schlafzimmer vor dem Spiegel hin- und herdreht, wie ein kleines Nüttchen. Ihre Mutter ist außer sich. Die ist doch so stockfromm.«

»Susanna ist 14, oder nicht?«, fragte Marcello.

»Das ist ja das Malheur. Cesare hat mir die erotische Unterwäsche ausführlich beschrieben. Da waren Sachen dabei, da kann einem ganz anders werden. Er wusste gar nicht, dass es so etwas zu kaufen gibt. Seine Frau hatte am meisten Angst, dass es jemand in der Nachbarschaft erfährt. Das wäre ein Skandal. Maria und Erotikwäsche, da würden sich alle das Maul drüber zerreißen.«

»Hättest du nicht ein Dessous abstauben können?«, mischte sich Didi ein. »Nur mal so zum Anschauen!«

»Bist du verrückt? Maria hat natürlich gleich die Inquisition eingeschaltet. Woher hast du die Sachen? Hast du dich anderen so gezeigt? Von wem hast du das Geld dafür? Aber Susanna hat eisern geschwiegen. Keinen Ton. Wollte nichts verraten.«

Cecco kam an ihren Tisch und brachte Grappa und Amaro. Er fragte Katharina, ob er ihr einen hausgemachten Nusslikör anbieten dürfe. Katharina lehnte ab, sie habe schon zu viel Alkohol getrunken.

»Das hat mir alles Cesare erzählt«, fuhr Giovanni fort, »der war ziemlich sauer auf seine Tochter. Dabei, so hat er mir im Vertrauen gesagt, hätte er am liebsten seine Frau gebeten, ein paar von diesen Strapsen anzuziehen, damit es bei ihnen mal wieder knistert.«

»Das würde bei Maria auch nicht mehr viel helfen!«, gab Didi zu bedenken. »Die ist doch so …«

»Bitte, Didi«, unterbrach ihn Alessandro, »wir haben eine Frau am Tisch.«

5

Marliana

»Hat Ihnen das Essen nicht geschmeckt?«, fragte Alessandro, als sie wieder im Wagen saßen. »Es war wunderbar«, antwortete Katharina knapp, ohne den Italiener anzusehen. Unter großem Hallo hatten sich die Freunde vor dem Restaurant verabschiedet. Wie immer hatte Cecco einen Freundschaftspreis für alle gemacht. Zehn Euro per *testa*. Marcello war schließlich sein Gemüsehändler. Da musste der Preis stimmen. Katharina hatte insgeheim ausgerechnet, was sie das ausgiebige Mittagessen gekostet hätte, es wäre pro Kopf mindestens das Doppelte gewesen. Didi hatte es sich nicht nehmen lassen, die Deutsche einzuladen.

»Aber irgendeine Laus ist Ihnen über die Niere gelaufen, so sagt man doch?«, setzte Alessandro nach.

»Die Leber«, verbesserte ihn Katharina, »Läuse laufen über die Leber.« Dann stockte sie. »Eine komische Redensart, nicht?«

»Sie lenken ab«, sagte Alessandro, »ich kann an Ihrer Nasenspitze sehen, dass Sie mich anschwindeln. Sie ist schon ein ganzes Stück länger geworden … Manchmal ist Didi ein bisschen aufdringlich. War es das?«

Katharina blickte geradeaus.

»Nein, nein, damit hat es nichts zu tun.«

Sie kam erst mit ihrem Unbehagen heraus, als sie Pescia hinter sich gelassen hatten. Als brauchte sie ein bisschen Abstand zu dieser Herrenrunde. Im Beisein der Männer hätte sie sich nicht getraut, ihren Verdacht zu äußern.

»Solche Dessous, von denen Giovanni so ausführlich gesprochen hat, haben wir gerade in Bologna auf der Messe eingekauft.«

»Wieso, wie …« Mehr bekam Alessandro nicht heraus.

»Ich glaube, die könnten aus unserem Wagen stammen.«

»Sind Sie da sicher?«, wollte Alessandro wissen.

»Sicher nicht, aber es könnte immerhin möglich sein.«

Alessandro stoppte den Wagen. »Das lässt sich ja gleich überprüfen.«

Er zog sein Handy heraus und wählte die Nummer des Arztes.

Erst nach einer Weile antwortete Giovanni. Er war nicht besonders begeistert, dass Alessandro die Marinis aufsuchen wollte. Auf keinen Fall dürfe er Cesare oder Maria etwas davon sagen, dass er seinen Freunden von dem pikanten Vorfall erzählt habe. Ob es nicht anders gehe. Alessandro ließ sich nicht beirren. »Wenn das wirklich Dessous aus dem gestohlenen Auto sind, dann hätten wir eine Spur, der wir nachgehen können.« Widerwillig nannte Giovanni die Adresse der Marinis. »Dank dir, du bist ein Freund«, sagte Alessandro.

Er klappte sein Handy zu und startete den Wagen. »Wir fahren sofort hin.«

»Und was wollen Sie denen sagen?«

»Da fällt mir unterwegs schon noch etwas sein. Sagen Sie …« Alessandro unterbrach sich, schaltete in den nächsten Gang und beschleunigte die Fahrt.

Katharina spürte, dass der Italiener ihr gerne einige Fragen bezüglich der Dessous gestellt hätte. Didi hätte das sofort getan. Aber sie wollte Alessandro nicht dazu ermuntern.

Die Wohnung der Marinis lag über einem Eisenwarengeschäft. Alessandro ging auf der Außentreppe voran. Nachdem sie sich vorgestellt hatten, wurden sie ins Wohnzimmer geführt.

»Signora Marini, wäre es möglich, mal einen Blick auf diese … Wäschestücke zu werfen?«, fragte Alessandro. Es klang so, als würde Peter Falk nebenbei und gänzlich unabsichtlich einer Recherche nachgehen.

»Woher wissen Sie davon?«, kam die Gegenfrage. »Wer hat Ihnen …«

»Es handelt sich um einen Diebstahl«, unterbrach sie Alessandro, »dieser Frau ist der Wagen gestohlen worden, und sie meint, es könne sich vielleicht um ihre Wäsche handeln.«

»Warten Sie einen Moment«, sagte Frau Marini. Sie trug ein schwarzes Kleid und streng nach hinten gekämmte Haare, die in einem makellosen Knoten zusammengeführt waren.

Kaum drei Minuten später hatten sie Gewissheit.

Katharina erkannte die Ware sofort.

Frau Marini schien erleichtert zu sein, dass sich die

Herkunft dieser kapriziösen Wäschestücke auf diese Weise aufklärte. Sie nahm Katharina beiseite und fragte, ob sie denn so etwas »Delikates« trage. Die Deutsche verneinte, sie habe ein Geschäft für feine Damenwäsche.

Die Tochter Susanna hatte Stubenarrest bekommen, solange sie nicht den Namen desjenigen herausrückte, der ihr die Dessous geschenkt hatte.

»Hat sie mit dem Autodiebstahl zu tun?«, fragte Frau Marini ängstlich.

»Bestimmt nicht«, beruhigte sie Katharina, »das waren drei Jungs, das habe ich genau gesehen.«

Frau Marini rief ihre Tochter ins Wohnzimmer und herrschte sie an, sie solle jetzt sofort sagen, wer ihr dieses Zeugs gegeben habe. Sonst werde sie den Vater aus dem Geschäft holen. »Der wird es dann aus dir herausprügeln.«

Susanna zuckte zusammen.

Katharina dachte an Geppetto, den liebenswerten Holzschnitzer. Es gab auch andere Väter.

»Wir brauchen nur den Namen, Susanna, nur den Namen. Er wird nie erfahren, dass du ihn uns mitgeteilt hast. Ehrenwort.« Alessandro legte seine rechte Hand aufs Herz.

Katharina spürte ihre Aufregung. Dass gerade in einem streng katholischen Haushalt, über jeder Tür hing ein Kruzifix und im Wohnzimmer eine Pieta in Öl über dem Sofa, ihre erotische Wäsche aufgetaucht war …

»Es ist Luigi«, stammelte Susanna, »von dem hab' ich … Ich wollte die doch nur mal anprobieren, mehr nicht. Dann sollte er sie wieder zurückkriegen …«

»Welcher Luigi?«, fragte Frau Marini.

»Den kennst du nicht!«, erwiderte Susanna schnell.

»Bitte, *signora*, könnten wir freundlicherweise einen Moment mit Ihrer Tochter allein sprechen. Das wäre vielleicht besser.«

Katharina wunderte sich darüber, wie geschickt Alessandro vorging. War er wirklich in Bremen ein Beerdigungsunternehmer gewesen?

»Das wird ein Nachspiel haben«, sagte Frau Marini, bevor sie das Wohnzimmer verließ.

»Susanna, das ist jetzt wirklich ernst«, begann Alessandro leise, »Luigi hat mit seinen Freunden einen Wagen gestohlen. Das ist der Wagen von dieser Frau hier. Du weißt, dass er dafür ins Gefängnis kommen kann.«

Susanna begann zu weinen. Katharina legte ihren Arm um das dünne Mädchen.

Alessandro hielt inne, sah die Deutsche an, hob die Augenbrauen leicht.

»Aber damit hast du nichts zu tun, das nehmen wir dir ab. Wir wollen nur herausfinden, was mit dem Wagen geschehen ist.«

Susanna nickte. Sie schaute mit Tränen in den Augen an die Decke. Sie war nicht in der Lage, einen der beiden anzusehen.

»Also, was hat Luigi gesagt, woher er diese Wäsche hatte?«, fragte Alessandro.

»Er hat sie für mich gekauft.«

»Sagt er?«

»Ja.«

Alessandro sah zu Katharina hinüber. Ein sanftes Lächeln ging über sein Gesicht.

»Wollte er dir damit imponieren?«

Susanna nickte wieder. »Ich hatte doch noch nie so was gesehen, wollte nur mal ausprobieren, wie man so etwas trägt. Meine Mutter ...« Sie stockte, ihre Stimme versagte.

»Sollte sie denn für dich sein?«

Susanna sah aus dem Fenster. »Luigi ist seit einem Monat mein Freund.«

Sie schlug sich mit der Hand auf den Mund.

»Wir werden uns mit Luigi treffen müssen«, sagte Alessandro. »Daran kommen wir nicht vorbei.«

In diesem Augenblick ging die Tür auf. Cesare Marini stand im grauen Kittel im Wohnzimmer. Ein breitschultriger Mann mit groben Händen.

»Was machen Sie hier mit meiner Tochter? Wer hat Ihnen das Recht gegeben ...«

Der Eisenwarenhändler verstummte, als er Katharina erblickte.

»Entschuldigen Sie«, fügte er kleinlaut an. »Meine Frau hat mir gesagt ...« Er sah strafend zu Maria hinüber, die hinter ihm ins Zimmer getreten war. Sein massiger Körper verdeckte sie fast vollständig.

Alessandro erklärte ihm, was sie herausgefunden hatten. »Ihre Tochter wird uns zu Luigi begleiten müssen. Ich hoffe, dann ist alles für Sie ausgestanden. Und auch für dich, Susanna.«

Katharina bewunderte den Italiener, dessen Auftreten so formvollendet und selbstbewusst war, dass die Eltern ihm vertrauten, die prekäre Angelegenheit für sie zu lösen.

»Aber ich will nicht, dass meine Tochter in diese

Sache hineingezogen wird. Sie hat mit dem Diebstahl bestimmt nichts zu tun.«

»Davon gehe ich aus«, bestätigte Alessandro die Worte des Geschäftsmannes.

»Nehmen Sie das Zeugs an sich, ich will das nicht länger in meinem Haus haben.« Maria hatte die Dessous in eine Plastiktüte gestopft und reichte sie Katharina.

Eine halbe Stunde später saßen sie Luigi in der »Gelateria Renzo« gegenüber.

Ein großgewachsener Junge, kaum mehr als 15 Jahre alt, Akne auf der Stirn und weicher Bartflaum über der Oberlippe. Alessandro hatte Susanna dazu bewegen können, sich mit Luigi in der Eisdiele zu verabreden. »Der kommt bestimmt. Wenn ich den anrufe, ist er immer sofort da.« Katharina sollte sich so lange im Wagen aufhalten, bis Alessandro sie brauchte. Luigi war sehr erfreut gewesen, dass er Susanna zu Gesicht bekam. Aufgeregt hatte sie ihm erzählt, wie ihre Mutter sie mit den Dessous erwischt und was es für einen Krach gegeben habe. »Eine Menge Stress für so ein paar lumpige Strapse.« Dann erst war Alessandro zu den beiden an den Tisch getreten. Luigi hatte ihn sofort angeschnauzt, was so ein alter Sack von ihm wolle.

»Pass auf, Luigi, du bist schneller im Knast als du zwei und zwei zusammenrechnen kannst. Ein Anruf genügt, und die schicken den Streifenwagen.« Alessandro schwenkte sein Handy. »Woher hattest du diese Dessous?«

Luigi kratzte sich am Bartflaum, schaute in die Luft und stieß verächtlich Atem aus.

»Ich hab' die Sachen in einem Karton am Straßenrand gefunden.«

»Wo?«

»In Montecatini Alto.«

»Wo genau?«

»Auf der Via Rotonda.«

»Ach, da warst du also.«

»Nein, nicht da. Ich war …«

»Du lügst mich nur einmal an. Ich weiß, dass das nicht stimmt.«

Luigi lehnte sich auf dem Plastikstuhl zurück, die Beine weit auseinander. »Sie können mir gar nichts beweisen.«

Alessandro räusperte sich.

»Es dauert nur einen kleinen Moment.«

Plötzlich sprang Luigi auf, wollte davonstürzen.

Renzo, der Besitzer der Eisdiele, versperrte ihm den Weg.

»*Stai fermo*«, schrie er ihn an. Die wenigen Gäste in der Eisdiele unterbrachen ihre Gespräche. Luigi sah sich nach allen Seiten um.

Alessandro griff nach seinen Schultern. Luigi schüttelte die Hände ab. »Fassen Sie mich nicht an!«

»Ich will dir sagen, woher du die Sachen hast. Setz dich.«

Renzo hielt den großen Holzspatel in der Hand, mit dem er Eis aus der altmodischen Maschine in die silbernen Behälter einfüllte. Das Gerät glich einem Baseballschläger. Ab und zu klopfte er damit in seine linke Hand.

»Sie haben versprochen …«, begann Susanna und schaute Alessandro bittend an.

»Keine Angst, ich halte mich daran. Wir wollen nur den Wagen.«

»Welchen Wagen?«, fragte Luigi sofort.

»Den roten Alfa, das Cabrio«, antwortete Alessandro.

»Damit habe ich nichts zu tun.«

»Ich habe gesagt, du sollst mich nicht anlügen. Die Polizei wird nicht so nett mit dir umgehen ... Soll ich sie herbestellen?«

Luigi setzte sich hin. Seine Hände zitterten. Er sah abwechselnd zu Susanna und zu Alessandro, der Renzo ein Zeichen gab.

Der Besitzer der Eisdiele öffnete die Tür einen Spalt und nickte Katharina zu.

Sofort stieg sie aus dem Wagen. Sie hatte Luigi nicht erkannt, als er die Gelateria betrat. Ob das der junge Mann war, der auf dem Beifahrersitz gesessen hatte? Im vorbeibrausenden Alfa hatte sie ihn nur von hinten sehen können.

Luigi bekam einen solchen Schreck, als die Deutsche vor ihm auftauchte, dass ihm das Blut aus dem Gesicht wich. Katharina zog sich einen Stuhl heran und setzte sich neben den Jungen. Sie müssen ihm dicht auf die Pelle rücken, hatte Alessandro ihr vorher geraten.

»Also, Luigi. Wo ist der Wagen?«

Der Junge bekam keinen Ton heraus.

»Pass auf, wir machen einen Deal. Ich will von dir wissen, wo der Wagen ist, und du ...«

Plötzlich stand Cesare Marini neben dem metallenen Tisch, an dem die vier saßen.

»Nun haben Sie ja, was Sie wollen, oder?« Mit bösem Blick sah er Alessandro an, zog seine Tochter am Arm vom Sitz hoch. »Du kommst jetzt sofort mit.« Susanna wehrte sich nicht. »Und du, Bürschchen, wenn du dich in der Nähe meines Hauses blicken lassen solltest, dann nehme ich die Teppichstange und brate dir eins über, dass du mich nie mehr vergessen wirst.«

Katharina nahm Susanna in den Arm. »Lassen Sie Ihre Wut nicht an Ihrer Tochter aus, bitte. Sie hat uns sehr geholfen.«

Der Eisenwarenhändler ließ die 14-jährige los.

»Danke«, sagte Susanna leise. Ihre Augen flackerten ein wenig.

»So, Luigi«, setzte Alessandro von neuem an, als Marini mit seiner Tochter abgezogen war, »wo steht der Wagen? An wen habt ihr ihn verscherbelt?«

Luigi blieb stumm.

»Gut, dann holen wir jetzt die Polizei. Du wirst reden, da bin ich mir ganz sicher.«

Alessandro nahm das Handy und tippte ein paar Nummern.

»Moment«, unterbrach ihn Luigi, »was geschieht, wenn ich …«

»Das kommt darauf an, was ihr mit dem Wagen gemacht habt.«

Alessandro schaltete das Telefon aus und legte es auf den Tisch.

Auf Deutsch sagte er zu Katharina: »Der Knabe hat einen solchen Schiss, der ist nie und nimmer ein Profi.«

Luigi ließ sich lange Zeit. Immer wieder blickte er sich um, dann sagte er: »Ich kann Sie hinbringen.«

Katharina glaubte, sich verhört zu haben.

»Was soll das bedeuten?«, fragte sie Alessandro.

»Keine Ahnung«, antwortete er, »lassen wir uns von ihm hinbringen, denke ich.«

»Brauchst du Verstärkung?«, sagte Renzo.

»Nein, ich glaube nicht, aber wenn ich welche brauche, bist du mein Mann.«

Die Gäste in der Eisdiele nahmen lautstark ihre Gespräche wieder auf.

Alessandro bat Katharina, sich ans Steuer zu setzen, und nahm mit Luigi auf der Rückbank Platz. Zur Sicherheit verriegelte er die hinteren Türen.

Die Fahrt ging hinauf nach Montecatini Alto. Katharina musste sich sehr konzentrieren, so aufgeregt, wie sie war. Wo würden sie landen? Bei einem Hehler? Bei einem Autoschieber? Hatte vielleicht dieser Pippo doch seine Hände im Spiel?

»Habt ihr das schon öfter gemacht?«, fragte Alessandro.

»Nein, bestimmt nicht, das war das erste Mal. Mein Bruder hat uns auf die Idee gebracht.«

»Wie alt ist dein Bruder?«

»Acht, er wird neun.«

»Das soll ich dir glauben, Luigi?«

Katharina konnte dem Gespräch nicht ganz folgen, weil die beiden so leise sprachen. Ab und zu sagte Luigi, wohin sie abzubiegen hatte. Alessandro wiederholte seine Angaben auf Deutsch.

Sie passierten Montecatini Alto. Es ging weiter in die Berge hinauf. Sind wir nicht erst gestern diese Straße gefahren, dachte Katharina. Ihr kam es vor, als liege ihr Ausflug nach Collodi schon Tage zurück. Ab und zu schaute sie in den Rückspiegel, um Luigis versteinerte Miene zu beobachten.

Als sie Marliana erreicht hatten, sagte Luigi, sie solle langsamer fahren.

Katharina trat auf die Bremse, der Wagen blieb ruckartig stehen.

»Wenn das eine Finte ist, Luigi …«, fuhr Alessandro ihn an.

»Nein, wir sind gleich da. Ich muss mich nur daran erinnern, wo wir abgebogen sind.«

Nach einer Weile entdeckte er den Waldweg wieder. Es ging steil bergan. Der Regen hatte tiefe Furchen in den Weg gespült.

Katharina musste ganz langsam fahren. Der Mischwald wurde dichter. Sie schaltete die Scheinwerfer ein. Lag das Versteck der Hehler mitten im Wald? Sie spürte, wie ihre Hände feucht wurden. Auch wenn es ihr lieber gewesen wäre, Alessandro hätte das Steuer übernommen, neben diesem Luigi hätte sie auf keinen Fall sitzen wollen.

Dann sah sie ihren Alfa.

An einer Böschung.

Sie trat versehentlich aufs Gaspedal, der Wagen machte einen Satz nach vorne. Beinah wäre sie über eine abgehackte Baumwurzel gefahren.

»Was habe ich gesagt?«, Luigi räusperte sich. »Der Tank dieser Scheißkarre war ja fast leer. Wir mussten uns erst Geld besorgen, um einen Kanister Sprit zu kaufen.«

»Du bleibst im Wagen«, sagte Alessandro.

Katharina lief um ihr Cabrio herum, als hätte sie es gerade erst erstanden. Der Wagen war völlig unbeschädigt.

Die Fahrertür ließ sich öffnen. Katharina sah, dass auf dem Rücksitz ein paar Sachen verstreut lagen. Ihre Toskana-Karte fand sie so, wie Billie sie aufgefaltet hatte. Dann griff sie unter den Sitz und zog ihre Handtasche hervor.

Triumphierend schwenkte Katharina sie in der Luft. »Wenn die Jungs die entdeckt hätten ... gar nicht auszudenken, was dann passiert wäre!«

Sie schaute zu Alessandro hinüber.

Ihr Herz klopfte bis zum Hals.

6

Florenz

Katharina konnte nicht verstehen, warum Alessandro ihr von diesem Mausoleum vorgeschwärmt hatte. »Wenn ich in Florenz bin, statte ich der Fürstenkapelle gerne einen Besuch ab.« Ein hoher, großer Raum, überbordende Pracht in farbigem Gestein. Der Prunkbau wirkte so düster, dass Katharina erschauderte. Sie fühlte sich eingeengt.

Als die Familie der Medici mit Cosimo I. die Großherzogswürde erhielt, ließ sie ab 1604 diese Grabstätte an ihre Patronatskirche anbauen. Als Zeichen der absoluten Machtentfaltung.

»Habe ich Ihnen zu viel versprochen?«, fragte Alessandro, der Katharina eine Zeitlang allein gelassen hatte.

»Es ist nicht ganz mein Geschmack«, erwiderte sie, »auch wenn ich die Steinmosaike, von denen Sie geschwärmt haben, noch nicht näher angeschaut habe.«

»Lassen Sie sich Zeit. Wenn Künstler vierhundert Jahre an einem solchen Kunstwerk gebaut haben, dann sollten wir nicht in zehn Minuten achtlos daran vorbeigehen.«

Mit diesen Worten ließ Alessandro sie wieder stehen.

Katharina war einen Augenblick irritiert. Immerhin hatte er sie mit den Worten hierhergelockt, er wolle ihr sein Florenz zeigen. Einer solchen Versuchung hatte sie nicht widerstehen können.

An diesem Morgen waren nur wenige Touristen in der Kapelle. Auf einem Hocker saß eine alte Frau vor einer kleinen Staffelei. Ins rechte Auge hatte sie eine Lupe geklemmt. Das Bild, an dem sie malte, wurde von einer schwachen Birne angestrahlt.

Katharina stellte sich in die Mitte des Mausoleums und ließ den Blick schweifen. Hier war es ein wenig heller. Über ihr die achteckige Innenkuppel mit vergoldeten Stuckrahmen und Fresken, die Szenen aus der Bibel darstellten. Unter ihr Fußbodenmosaike mit den Medici-Wappen. Wie außerordentlich vielfarbig Marmor sein kann, dachte sie.

»Haben Sie schon die Embleme der Städte entdeckt?«, Alessandro war neben sie getreten.

»Ich versuche immer noch, mit diesem kalten Fürstengrab klarzukommen.«

Alessandro führte sie zu den Wappen von Florenz und Pisa.

»Die sehen aus wie gemalt.«

»Nein, nein«, entgegnete Alessandro. »Das sind alles Steinmosaike. Aus Jaspis, Lapislazuli, Alabaster, Perlmutt und Quarz, Koralle und Marmor.«

Katharina fuhr mit der Hand über die hochpolierten Flächen. Sie fühlten sich kühl an. Kaum zu glauben, dass die zarten Blumen mit Blüten und Blättern aus farbigen Halbedelsteinen zusammengesetzt waren. Die handwerkliche Kunstfertigkeit war wirklich beeindruckend.

Als hätten die Künstler mit Steinen malen können. »Das Material wurde aus der damals bekannten Welt zusammengetragen, um hier in einer Werkstatt, die es heute noch gibt, verarbeitet zu werden. Kommen Sie mit, ich möchte Ihnen zeigen, warum ich mich immer wieder hier einfinde.«

Alessandro blieb vor einer langgestreckten Platte aus dunkelgelbem Marmor stehen.

»Schauen Sie sich in Ruhe dieses eine Stück an. Und wenn Sie Glück haben, dann erzählt Ihnen der Stein seine Geschichte.« Katharina verstand nicht, was Alessandro damit meinte, aber folgte neugierig seiner Aufforderung.

Eine Flusslandschaft war zu entdecken. Welche Ruhe von ihr ausging. Der dunkelgelbe Stein schien träge dahinzufließen. Leichte Wellen schwappten ans Ufer.

Nun bemerkte Katharina auf der achteckigen Steinplatte, die sich gleich daneben befand, Musikanten. In roten, gelben, grünen, blauen Farben. Ob alle Steine ein Geheimnis bargen? Auf einer Porphyrplatte sah Katharina indische Tänzerinnen. Auf zwei lachende Kindergesichter wies Alessandro sie auf einem dunkelgrünen Marmor hin. Je länger sie verweilte, desto intensiver nahm sie die warmen Farben der anfangs so kalten Pracht auf. Nach und nach zog die Fürstenkapelle sie in Bann. Jetzt konnte sie Alessandros Begeisterung verstehen. So hatte sie Steine noch nie betrachtet.

»Die Medici waren so überheblich, dass sie sogar das Heilige Grab aus Jerusalem in diese Kapelle überführen lassen wollten«, erklärte Alessandro.

Die alte Malerin tauchte neben den beiden auf und erzählte, sie komme seit mehr als dreißig Jahren hierher. »Nur wer sich Zeit nimmt, kann die Bilder hinter den Bildern entdecken«, sagte sie, »aber das tun nur wenige. Wer einmal Feuer gefangen hat, möchte gar nicht wieder gehen. So ist es mir ergangen.« Katharina folgte ihr zu der Staffelei, auf der kein großes Format stand, sondern lauter kleine Studien zu sehen waren. »Leider gelingt es mir nicht, die Farbenpracht der Natur in meinen Bildern einzufangen. Obwohl ich mich täglich darum bemühe.« Katharina hätte ihr gerne ein paar der ausgezeichneten Miniaturen abgekauft, aber die Malerin ließ es nicht zu. »Sie sind wirklich nicht gut genug«, wehrte sie ab.

Katharina betrachtete die Zeichnungen der Frau und verglich sie mit den Vorbildern.

Danach gingen sie hinüber in die Neue Sakristei. Michelangelo hatte diese Grabeskapelle gestaltet.

Der quadratische Raum war lichtdurchflutet. Weiße Wände, darüber eine weiße, halbkugelförmige Kuppel, in der Decke kleiner werdende Kassetten, um die Kuppel höher erscheinen zu lassen. Kein farbiger Marmor, nur Weiß und dunkles Grau, auch auf den Mosaiken des Steinbodens.

Katharina sagte zu Alessandro: »Was für ein Gegensatz zu der fürstlichen Grabkammer!«

An gegenüberliegenden Wänden befanden sich die Standbilder der Medici-Herzöge Guiliano und Lorenzo. Auf den Sarkophagen darunter lagen jeweils zwei Marmorstatuen hingestreckt. Sie stellten die Allegorien von »Tag« und »Nacht«, »Abend« und »Morgenröte« dar.

»Die Helligkeit des Raumes steht im Gegensatz zu der Traurigkeit und Melancholie, die Michelangelos Figuren ausstrahlen«, sagte Alessandro. »›Der Tag‹ – ein muskulöser Mann mit ernstem, aber unvollendetem Gesicht. ›Die Nacht‹ – eine junge Frau, die in unbequemer, ja verquerer Pose zu dämmern scheint.«

Wie vom Mondlicht beschienen, glänzte der hochpolierte Marmor dieser liegenden Skulptur, aus fast weißem Gestein gearbeitet. Es war die erste weibliche Aktfigur Michelangelos. Katharina war fasziniert, wie der Künstler jede einzelne Falte des Bauches, die Brüste mit ihren Spitzen, den gewundenen Haarzopf herausgemeißelt und poliert hatte.

»Die Nacht, die du in süßer Weise schlafen siehst, meißelte ein Engel aus diesem Stein. Und weil sie schläft, ist sie lebendig, glaubst du's nicht, so wecke sie, und sie wird zu dir sprechen«, zitierte Alessandro eine Strophe aus dem Sonett von Giovan Battista Strozzi. »Die hohläugige Theatermaske unter dem Kopfkissen der Frau hat mich stets an meinen Beruf erinnert.«

Auch der Kopf der männlichen Skulptur »Der Abend« war nicht vollendet worden. Als habe Michelangelo nur den Frauen ein vollendet geglättetes Gesicht gewährt.

»Die Statue der ›Nacht‹ strahlt eine große Ruhe aus, Dämmerzustand, dunkle Wachheit. Die Augen geschlossen, in sich versunken«, sagte Alessandro mit leiser Stimme, »die Statue der ›Morgenröte‹, deren linke Hand wie im Krampf verzerrt ist, zeigt eine Frau, die aus tiefem, von Albträumen gequältem, Schlaf erwacht.«

Katharina und Alessandro verweilten eine Zeitlang in der lichten Sakristei. Wie Michelangelo aus dem *statuario*, dem weißen Marmor aus Carrara, seine Figuren herausgearbeitet hatte, begeisterte Alessandro immer wieder aufs Neue. »So sehr mich auch die Traurigkeit der Figuren erfasst.« Während in der Fürstenkapelle den kostbaren Materialien Vorrang gewährt wurde, zeigte sich in der Neuen Sakristei die Meisterschaft Michelangelos, der sein Material, den Marmor, wie kein anderer beherrschte.

Um die Mittagszeit stiegen sie in den Zug, der sie nach Montecatini Terme zurückbringen sollte. »Ich habe genug für heute gesehen«, hatte Alessandro gesagt, nachdem sie die Kirche San Lorenzo besichtigt hatten, »so mache ich es oft. Für ein paar Stunden mit dem Zug nach Florenz fahren, ohne einen Parkplatz suchen zu müssen, und dann gezielt wenige Kunstwerke anschauen. Ich lasse mir gerne Zeit. Häufig ist es besser, auf weitere großartige Sehenswürdigkeiten zu verzichten, weil man ihnen nicht mehr gerecht werden kann.« Und er erzählte ihr von dem französischen Dichter Stendhal, der angesichts der vielen Kunstwerke in Florenz krank geworden sei. »Aus lauter überschwänglichem Glücksgefühl.«

Nach dem Auffinden des Alfa Romeos im Wald von Marliana hatte Katharina beschlossen, noch zwei Tage in Montecatini Terme zu bleiben. Das musste gefeiert werden. Und wo besser als hier. Sie hatte Billie am Telefon die freudige Nachricht mitgeteilt.

»Natürlich kannst du bleiben, schließlich ist unser Laden erst am Montag wieder geöffnet.« Sie hatte wissen wollen, ob Katharina den Italiener denn ein bisschen näher kennengelernt habe. »Wir sind noch nicht im Bett gewesen, wenn du das meinst.« Billie hatte gelacht, als sie sich von Katharina verabschiedete.

Kurz bevor sie Montecatini erreichten, fragte Katharina Alessandro, warum er ausgerechnet in dieses Städtchen zurückgekehrt sei. »Hier bin ich aufgewachsen, ich wohne jetzt wieder in meinem Elternhaus.« Alessandro schaute sie an. »Hätten Sie etwas dagegen, wenn ich Sie heute Abend bei mir zum Essen einlade? Ich bin ein ganz passabler Koch.« Katharina war einverstanden.

Im offenen Alfa Romeo fuhren sie zur Polizeistation in der Via Puccini. Der Revierleiter war äußerst distanziert, als die beiden ihm das feuerrote Cabrio vor der Tür präsentierten.

»Und plötzlich stand er wieder da, als sei er vom Himmel gefallen.«

»Ich habe doch schon gesagt«, widersprach ihm Alessandro, »ein Freund hat ihn entdeckt.«

»Im Wald?«

»Ja, im Wald. Carlo ist auf die Jagd gegangen und hat dabei den Alfa gesehen.«

»Zufällig?«

»Ja, zufällig.«

Katharina hatte es nicht nötig gefunden, auf das *commissariato* zu gehen, um die Anzeige zurückzuziehen, aber Alessandro hatte darauf bestanden. Man habe Luigi und seinen Diebesfreunden eine Lektion erteilt, sollten sie noch mal so eine Dummheit machen, würde er sich nicht scheuen, die Polizei einzuschalten. Aber Katharina müsse die Anzeige schon deswegen zurückziehen, damit sie nicht plötzlich von einer

Streife auf der Straße angehalten werde, immerhin werde nach dem Wagen ja noch gefahndet. Ob sie sich noch an den Fall mit den deutschen Frauen in Turin erinnern könne …

»Also, dieser Carlo, der geht in den Wald, und da sieht er etwas Rotes. Und anstatt darauf zu schießen, weiß er gleich, das ist doch der Wagen dieser deutschen *signora* … »

»Wir haben vielen Leuten von dem Diebstahl erzählt, und so wird es auch Carlo erfahren haben.«

Im Wald von Marliana sei Jagdverbot, *divieto di caccia*, was denn der Freund dort habe schießen wollen, wollte der Polizist wissen, und wie der Freund mit Nachnamen heiße, das müsse überprüft werden. Alessandro weigerte sich, den Namen preiszugeben. Das sei doch jetzt gewiss nicht mehr nötig.

»Wir sind nur hergekommen, weil der Wagen wieder da ist. Das ist doch auch für euch schön, damit könnt ihr die Akte schließen und fertig«, entgegnete Alessandro, der dem Revierleiter eine Zigarette anbot.

»Und der Schlüssel steckte?«, fragte der Polizist.

»Ja«, log Alessandro, und seine Antwort klang sehr überzeugend.

Katharina sah dem Beamten an, dass er keineswegs von dieser Version überzeugt war, aber er hakte mit großer Geste und einem schrägen Blick den Eintrag im Revierbuch ab.

Als die beiden wieder auf der Straße standen, konnten sie sich vor Lachen kaum halten.

Alessandros Haus lag an einem kleinen Park. Es stammte aus der Mitte des letzten Jahrhunderts und besaß eine von wildem Wein überwucherte Terrasse.

»Pünktlich wie alle Deutschen«, sagte er, als Katharina eine Minute nach acht vor der Tür stand.

Im Flur hingen Bilder dicht nebeneinander. Der große Wohnraum, der nur spärlich möbliert war, schien eine Mischung aus Galerie und Bibliothek zu sein. Kein freies Fleckchen an der Wand. Über einigen Sesseln hingen weiße Laken.

»Sammeln Sie Kunst?«, fragte Katharina.

»Nein«, antwortete Alessandro und lächelte, »dazu hab' ich nicht genug Geld. Die meisten Bilder stammen von meinem Freund aus Siena, mit dem ich studiert habe.«

Der Italiener zeigte ihr seine liebsten Stücke und erzählte Katharina von Lucio, der ihm jedes Jahr ein Bild geschenkt habe. »Am Tag unserer Freiheit!« Er machte eine kleine Pause. »Das ist der Tag, an dem wir unsere erste gemeinsame Studentenbude bezogen haben.«

»Tag der Freiheit, klingt ziemlich theatralisch«, warf Katharina ein. Gelegentlich neigte er zu solch pathetischen Worten, die in Freiburg niemand gebrauchen würde.

»Aber so haben wir es empfunden. Unsere Freiheit vom Elternhaus, endlich auf eigenen Beinen stehen. An jenem ersten Abend schenkte Lucio mir eine Bleistiftzeichnung. Hier, sehen Sie.« Er wies auf ein Porträt, das ihn mit schulterlanger Mähne zeigte, eine Zigarette im Mundwinkel, die Augen berauscht. »Das sollte ein Zeichen sein, dass wir nie so spießig wie die Bürger in

Montecatini werden wollten. Nach dem Studium ging ich nach Deutschland, Lucio blieb in Siena. Aber die Freundschaft ist trotz der Distanz erhalten geblieben. Jedes Jahr an unserem Tag schickte er mir ein Bild. Mal eine Radierung, mal ein Aquarell. Ich habe für Lucio eine Ausstellung in Bremen in der kleinen Galerie *arte e grappa* organisiert.«

Katharina gefiel es gut, wie liebevoll Alessandro von seinem Freund sprach, der auch der Taufpate seines Sohnes sei. »Er war mir eine große Stütze nach dem plötzlichen Tod meiner Frau.« Die Freundschaft zu Lucio sei auch ein Grund gewesen, nach Italien zurückzukehren. »Ich hätte in Deutschland nicht mehr gewusst …« Alessandro unterbrach sich. »Ich habe Ihnen noch gar nichts angeboten. Ein Gläschen Spumante kann nie schaden.«

Aus der Küche holte er eine Flasche, die mit einer silbernen Kappe verschlossen war.

Sie prosteten sich zu.

Auf einem großformatigen Ölgemälde sah Katharina eine lange, weißgedeckte Tafel, die sich in einer dunklen Gasse befand. Die Holzstühle standen aufgereiht vor den Tischen. An den Häuserwänden Plakate. Einige Fenster waren spärlich beleuchtet. Sie ging ganz nahe an das Bild heran. Mit einem Mal war es ihr so, als sehe sie Lucio auf dem Stuhl am Kopfende sitzen. So intensiv hatte ihn Alessandro geschildert.

»Könnten wir morgen nicht dort essen?«, fragte sie, ohne den Blick von diesem magischen Bild zu nehmen.

»So ohne weiteres leider nicht, das ist eine Straßenszene aus Siena. Vor dem großen Pferderennen stellen alle Stadtviertel die Tische auf die Straße, um sich mit einem gemeinsamen Mahl auf das Palio vorzubereiten. Es ist ein Augenblick höchster Erwartung. Alle wollen, dass ihre *contrada* gewinnt.«

»Die Bilder gefallen mir sehr. Es geht eine eigentümliche Kraft von ihnen aus. Und Lucio muss Ihnen ein wirklicher Freund sein.«

»Vielleicht so wie Ihnen Billie. Sie sind ein eingespieltes Duo, oder?«

»Na, so lange kennen wir uns noch nicht. Erst als ich mit meinem Ex-Mann nach Freiburg zog, habe ich sie kennengelernt. Aber Sie haben schon recht, Billie ist gegenwärtig wohl die wichtigste Frau in meinem Leben …«

Ein große, weißhaarige Dame betrat den Raum. Mit kerzengeradem Gang. Sie hielt die Hände leicht angewinkelt.

»Mama«, Alessandro hob sein Glas, »ich hab' dir doch gesagt, dass ich heute Abend Besuch bekomme.«

»Würdest du mir bitte deinen Besuch vorstellen?« Ihre Stimme klang ein wenig metallisch.

»Aber sicher«, beeilte sich Alessandro zu sagen.

Als würde sie Fische in einem Aquarium anschauen, so betrachtete seine Mutter Katharina, während Alessandro sie vorstellte.

Sie flüsterte ihrem Sohn etwas zu, was Katharina nicht verstehen konnte. Alessandro nickte mehrmals hintereinander.

»Ich wollte gar nicht stören«, sagte seine Mutter und wandte sich ab.

»Einen schönen Abend«, wünschte Katharina auf Italienisch.

»Ach, Sie kennen unsere Sprache«, antwortete die Mutter, »das freut mich. Kümmern Sie sich um meinen Sohn. Der kann deutsche Unterhaltung immer gut gebrauchen.«

Mit diesen Worten verließ sie das Zimmer, nicht ohne sich in aller Form verabschiedet zu haben.

»Es ist nicht so, wie Sie denken«, sagte Alessandro, »sie ist eigentlich eine sehr liebenswürdige Mutter. Aber sie will stets alles unter Kontrolle behalten.«

»Kennen Sie eine Mutter, bei der das anders ist?«

Während des Essens erzählte Katharina von den Reisen mit ihrer Mutter, die seit dem frühen Tod des Vaters krank gewesen war. Mehrmals im Jahr hatte sie sich in Kur begeben müssen. »Ich habe sie manches Mal begleitet. Als einzige Tochter fühlte ich mich immer verpflichtet, mich um sie zu kümmern. Doch im Laufe der Zeit haben wir auch ein inniges Verhältnis zueinander gewonnen. Das war keineswegs immer so.«

Sie sprachen über ihre Kindheit und das Verhältnis zu ihren Eltern, stellten Gemeinsamkeiten in ihrer Biographie fest. Obwohl es nicht ihre Art war, begann Katharina von sich zu erzählen. Meist war sie eine gute Zuhörerin, was ihre Freunde überaus schätzten.

Um ihrem Mann das Studium zu finanzieren, hatte sie als freie Rundfunksprecherin in Frankfurt gearbeitet. Ein Beruf, der ihr sehr viel Freude bereitete. »Und dabei hat meine Mutter immer gesagt, das sei brotlose Kunst. Ich solle etwas Richtiges beginnen.« Leider habe sie nach dem Umzug nach Freiburg, wo ihr Mann eine Dozentur bekam, kaum die Möglichkeit gehabt, diesen

Beruf weiter auszuüben. Deswegen habe sie eines Tages mit Billie ein Geschäft eröffnet.

»Feine Damenmoden«, sagte Alessandro und schmunzelte dabei.

Katharina schaute über ihr Weinglas hinweg.

»Sehr feine Damenmoden«, antwortete sie.

Alessandro berichtete von den Ängsten seiner Verwandtschaft, speziell seiner Mutter. »Jemand, der in Deutschland lebt, muss doch vor Sehnsucht nach Italien, nach der Heimat, nach seinem Zuhause krank werden. Wie oft habe ich das von ihr zu hören bekommen. Fern von Italien zu leben, das konnte sie sich einfach nicht vorstellen.«

7

Lucca

»Können Sie nicht doch noch ein paar Tage bleiben? Ich meine, mich würde es freuen«, sagte Alessandro, während er die Seitenscheibe hinunterdrehte und den warmen Fahrtwind hineinströmen ließ.

»Ich würde auch gerne Urlaub machen, aber ich habe Billie versprochen ...«

»Soll ich mal mit Billie reden?«, unterbrach sie Alessandro, »sie wird Ihnen bestimmt freigeben.«

»Nein, nein«, wehrte Katharina ab, »da der Wagen mit Ihrer Hilfe wiedergefunden worden ist, gibt es keinen Grund mehr hierzubleiben.«

Sie waren am letzten Tag von Katharinas Aufenthalt an die Küste aufgebrochen, weil sie unbedingt das Meer sehen und am Strand spazierengehen wollte. Alessandro hatte sie zu einem kurzen Abstecher nach Lucca überredet. Er müsse ihr unbedingt die vollkommenste Stadt der Toskana zeigen.

Sie parkten den Wagen vor den Toren der Stadt, um zunächst auf die Mauer zu steigen. »*Passeggiata delle Mura*«, so nennen die Luccheser den Rundspaziergang auf ihrer Stadtmauer. Der vollständig erhaltene

Befestigungswall zieht sich über vier Kilometer rund um die Altstadt. Bewachsen mit alten Kastanien und Platanen, ist er zu allen Tageszeiten ein Treffpunkt für die Einwohner: Radfahrer, Jogger, Mütter mit ihren Kindern, Jungverliebte, ältere Ehepaare, Gruppen von Nonnen, eilige Priester. »Ich muss mal eben eine Runde auf der Mauer drehen, so heißt das hier, wenn die Leute sich vom Tagesstress erholen wollen«, sagte Alessandro.

Mit einem Mal ergriff er Katharinas Hand.

Sie war einen kurzen Augenblick irritiert, wehrte sich aber nicht gegen die Berührung. Sein Händedruck war keineswegs unangenehm.

»Stellen Sie sich vor, wir beide würden auf dieser Mauer Hand in Hand mit sechstausend anderen Bewohnern stehen.« Alessandro machte eine weit ausholende Geste. »Giovanni hat mir davon erzählt, der war dabei, als vor einigen Jahren mit einer solchen Menschenkette die Aufnahme der Mauer ins Buch der Rekorde gefeiert wurde. Die Bürger umarmen ihre Stadt, hieß die Aktion, die damals durch die Presse in ganz Italien ging.« Alessandro ließ Katharinas Hand wieder los.

An dem Baluardo San Donato verließen sie die Mauer und gingen durch die engen Gassen der Stadt, deren Pflaster aus großen, abgerundeten Steinplatten bestand. Die kleinen Läden und Geschäfte, die sich aneinanderreihten, ordneten sich der Architektur der Stadtpaläste unter, ohne das harmonische Bild zu stören. Sie tranken einen Cappuccino im Caffè »Di Simo«.

»Man muss Lucca von oben sehen, wenn man die Stadt wirklich erfahren will.« Alessandro lud Katharina ein, mit ihm auf den Guinigi-Turm zu steigen. Vor fünfhundert Jahren besaß Lucca über hundertdreißig solcher Wohntürme, von denen nur dieser eine übriggeblieben ist.

»Ich bin nicht ganz schwindelfrei«, sagte Katharina, »aber das Risiko gehe ich ein.«

Zunächst ging es über eine Eisentreppe, aber dann zog sich eine geländerlose Steintreppe an der Mauer hoch. Zweihundertunddreißig Stufen.

Katharina blieb ein paar Mal stehen.

»Keine Angst, ich bin direkt hinter Ihnen«, sagte Alessandro mehrmals, »und nicht hinuntersehen.«

Der Ausblick über die Stadt entschädigte Katharina für die kurzen Momente des Schwindels. Die endlosen Dächer in verschiedenen Rot- und Brauntönen, die schmalen, langgezogenen Gassen im römischen Schachbrettmuster, die Villen und Paläste. Der Blick ging weit über das Tal hinaus bis zur Garfagnana, dem Bergrücken im Norden Luccas mit seinen grünen Hügeln. In der Mitte der Aussichtsplattform war ein Garten angelegt worden, in dem ein kleiner Eichenwald wuchs.

Alessandro wies Katharina auf ein Oval im Häusermeer hin. »Das ist die Piazza dell'Anfiteatro, die müssen Sie unbedingt sehen.«

»Aber wir kommen heute noch ans Meer, oder?«

»So wahr ich Alessandro Bensi heiße«, erwiderte der Italiener.

Katharina war sich manchmal nicht so sicher, wer sich hinter diesem Namen tatsächlich verborgen hielt. Hätte nicht ein deutscher Name viel besser zu ihm gepasst? Sie freute sich schon darauf, Billie mehr von diesem ungewöhnlichen Italiener zu erzählen.

»Ich habe in meiner Kindheit auf diesem Platz oft gespielt, wenn wir sonntags Verwandte in Lucca besucht haben. Dahinten saßen die alten Frauen und spielten mit Bohnen eine Art Bingo. Sie saßen gebückt über ihren Spielplänen und legten die Bohnen auf die Felder. Eine blinde Frau zog aus einem Säckchen die Zahlen, die sie mit der Hand ertastete. Leider durfte ich nie mitspielen. Aber ich habe ihnen stundenlang zugesehen.«

Der ellipsenförmige Platz war zur Römerzeit ein Amphitheater gewesen, aus den Tribünen und Rängen wurden später Wohnungen. Nur die Arena war frei geblieben und im Luccheser Stil gepflastert worden.

»Sie müssen sich in die Mitte stellen und etwas rufen, die Häuserwände werden Ihnen antworten«, forderte Alessandro sie auf.

»Was soll ich denn rufen?«, fragte Katharina.

»Was Ihnen so einfällt.«

Kaum hatte sie die Mitte des Platzes erreicht, ertönte hinter ihr eine helle Stimme.

»Katharina, bist du das?«

Sie drehte sich um und sah Wilma. Dahinter entdeckte sie Peter, der in die Hocke gegangen war, um das ungewöhnliche Oval des Platzes besser fotografieren zu können.

»Was machst du hier?«, fragte Wilma. »Das kann doch nicht wahr sein. Das ist wirklich Katta.«

Peter und Wilma umarmten Katharina, küssten sie auf die Wangen.

Katharina stellte die beiden Deutschen Alessandro vor. »Mit Wilma und Peter habe ich in Frankfurt in einer Wohngemeinschaft gelebt. Viele Jahre her. Wie lange haben wir uns nicht gesehen?«

Es dauerte eine ganze Weile, bis sie herausgefunden hatten, dass es mindestens fünfzehn Jahre waren.

»Und was macht ihr hier?«, fragte Katharina.

»Wir leben schon lange in Poggiolo, in der Nähe von Siena«, antwortete Wilma.

Alessandro machte den Vorschlag, das Wiedersehen im »Da Giulio« zu feiern, das liege gleich um die Ecke. Wilma und Peter kannten das Lokal.

Sie nahmen Katharina in die Mitte und sprachen von alten Zeiten, ganz so, als hätten sie sich erst gestern getrennt. Katharina bei ihren Versuchen als Schauspielerin im freien Theater. Ihr erster Job als Rundfunksprecherin. Was macht Christa? Was ist aus Wolfgang geworden? Lebt Gaby wirklich noch mit Günter zusammen? »Weißt du, dass Joe, der damals mit einer Riesentüte Hasch auf den Henninger Turm gestiegen ist, das Justizministerium in Hessen übernommen hat?«

Das Restaurant lag ziemlich versteckt gegenüber der Stadtmauer in der Via delle Conce. An den Wänden im Eingang hingen Zeitungsausschnitte aus vielen Ländern und Fotos von italienischen Schauspielern, mit denen sich die beiden Besitzer hatten fotografieren lassen.

»Ich übernehme mal die Bestellung der Gerichte und Getränke«, sagte Alessandro, nachdem sie einen Tisch im hinteren Speiseraum belegt hatten. »Hier gibt es wundervolle Antipasti.«

Kaum hatte er sich entfernt, fragte Wilma: »Ist das ein Liebhaber von dir? Ist ja sehr elegant! Weiß Norbert davon?«

»Zu viele Fragen auf einmal, Wilma, so warst du immer.« Katharina lachte. »Ich habe mich von Norbert schon lange getrennt. Erst habe ich ihn durchs Studium gefüttert … aber in Freiburg ging es ihm irgendwann nur noch um seine wissenschaftliche Karriere. Ein Vortrag hier, ein Symposium da, ich habe ihn selten zu Hause gesehen. Die Familie interessierte ihn nicht mehr.«

»Und Felix?«, fragte Peter.

»Mein Sohnemann hat nach dem Abitur angefangen, in Göttingen zu studieren, wie sein treuloser Vater.«

»Und was ist mit diesem Herrn Bensi?«, wollte Wilma wissen.

»Er hat mir in den letzten Tagen sehr geholfen, ein guter Bekannter, würde ich sagen. Mehr nicht …«

Katharina unterbrach sich, weil Alessandro an den Tisch zurückkam.

»Der Koch bringt uns eine Auswahl von seinen *primi piatti*, danach können wir immer noch überlegen, ob wir weiteressen wollen.«

Wilma und Peter hatten nach dem Romanistik-Studium begonnen, als Übersetzer zu arbeiten. Zunächst waren es Fachübersetzungen gewesen, aus dem Französischen und Italienischen, im Laufe der Zeit hatten sie sich auf literarische Texte spezialisiert. »Wir haben immer wieder bei einem Freund in Poggiolo gelebt, manchmal ein paar Monate hintereinander, und eines Tages wollte er sein Haus aufgeben, da haben wir es kurzerhand gekauft. Kennen Sie Poggiolo?«

»Nein«, erwiderte Alessandro, »ich kenne mich fast besser in Norddeutschland als in meiner Heimat aus.

Verden, Achim, Harpstedt, aber das werden Sie nicht kennen, oder?«

Sie lachten.

»Willst du nicht ein paar Tage zu uns herüberkommen?«, fragte Wilma. »Wir haben sogar ein Gästezimmer eingerichtet. Peter hat nach und nach das Haus umgebaut, so dass wir jetzt genügend Platz haben.«

Katharina überlegte eine Weile. Zum zweiten Mal war sie an diesem Tag aufgefordert worden zu bleiben. Das Angebot der beiden war verlockend. Aber es wäre Alessandro gegenüber nicht fair gewesen, wenn sie sich dafür entschieden hätte. Und Billie hätte bestimmt auch kein Verständnis dafür.

»Ein anderes Mal gerne, Wilma. Aber morgen muss ich zurück nach Freiburg, und heute will ich unbedingt noch das Meer sehen, könnt ihr das verstehen?«

»So sind die Deutschen im Urlaub, vorne das Meer und hinten die Berge, so wäre es ihnen am liebsten«, sagte Peter.

Zwei Stunden später verabschiedeten sie sich, nachdem sie Adressen und Telefonnummern ausgetauscht hatten. Von dem Autodiebstahl hatte Katharina nur kurz berichtet, es sei ein dummer Jungenstreich gewesen. Aber ausführlich hatte sie von Alessandros detektivischen Fähigkeiten geschwärmt. »Wie er diesen kleinen *stronzo* eingeschüchtert hat, damit der uns zu meinem Wagen führte, das war äußerst gekonnt.« Sie hatte Wilma und Peter versprechen müssen, dass es nicht weitere fünfzehn Jahre dauerte, bis sie sich wiedersahen.

Auf der Autostrada ging es Richtung Westen bis Pisa Nord, dann auf der Via Aurelia nach Migliarino.

Schon hinter der Zahlstelle der Autobahn waren Katharina dunkelhäutige Frauen aufgefallen, die am Straßenrand auf Kundschaft warteten. Seitdem sie nach Marina di Vecciana abgebogen waren, saßen fast in jeder Parkbucht junge und ältere Frauen. Die meisten kamen aus den früheren italienischen Kolonien.

»Ist das hier der Straßenstrich?«, fragte Katharina.

»Entlang der alten Aurelia standen sie schon immer. Muss ein besonderer Service für Lastwagenfahrer sein.« »Das Meer, endlich«, rief sie plötzlich aus, als sie hinter einem Pinienwald die Wellen entdeckt hatte. Die Marina di Vecciana war ein frei zugänglicher Strand, deswegen bevorzugten ihn die Einheimischen. Nur wenige Autos standen auf dem Parkplatz vor den flachen Dünen. Der Kiosk hatte seine Läden schon geschlossen. »Keine Sonnenschirme, keine Strandliegen, keine aufdringlichen Rettungsschwimmer«, sagte Alessandro. »Für all das muss man nämlich kräftig bezahlen. Das war vor zwanzig Jahren noch ganz anders.«

Katharina setzte sich auf ein Handtuch, das sie aus ihrem Hotel mitgenommen hatte, und schaute auf die langsam einlaufenden Wellen. Die Sonne hatte noch viel Kraft, obwohl es schon später Nachmittag war. Auf dem Wasser glitzerten die Strahlen und formten immer wieder neue Muster. Mal war ein Fabeltier zu erkennen, mal eine Clownsmaske. Ab und zu schaute sie zu Alessandro hinüber, der sich Schuhe und Strümpfe ausgezogen hatte und die Wasserlinie entlangspazierte.

Nach einer ganzen Weile erhob sie sich und ging ihrer Lieblingsbeschäftigung nach. Seit ihrer Kindheit sammelte sie Muscheln und Steine, wenn sich die Gelegenheit dazu ergab.

»Ich glaube, wir kennen uns«, sagte Alessandro, »darf ich Sie ein Stück des Wegs begleiten, mein schönes Fräulein?«

»Bin kein Fräulein, bin nicht schön ... Mehr weiß ich nicht mehr.«

Sie gingen nebeneinander her, vertraut wie zwei alte Bekannte. Ohne ein Wort zu sprechen und dennoch mit wohligem Gefühl.

Ab und zu bückte sich Katharina, wenn sie ein schönes Stück für ihre Sammlung entdeckt hatte. Alessandro wartete geduldig und sah ihr zu, wie sie jeden Fund begutachtete, mit den anderen verglich, in das Handtuch legte oder wieder in den Sand fallen ließ.

»Ich muss mindestens immer einen Stein oder eine Muschel von meinen Reisen mitbringen, aber meistens sind es zehn oder zwanzig, weil ich mich so schwer entscheiden kann.« Katharina lachte. Und es klang, als sei sie unsicher, weil sie zu viel von sich preisgegeben hatte.

»Leben Sie in Freiburg mit jemand zusammen?«, fragte Alessandro mit verhaltener Stimme.

»Nein, gegenwärtig nicht«, sagte Katharina, ohne den Blick zu heben. Sie hielt ein Stück grünes Glas in der Hand, das vom Wasser blind gewaschen war.

»Und mit Billie?«

»Wie meinen Sie das?«

»Naja, es könnte sein, dass Sie ...«

»Wir sind sehr gute Freundinnen, aber nicht lesbisch.« Katharina nahm das Glasstück vor ihr rechtes Auge. »Jetzt sehen Sie ganz grün aus, Herr Bensi.«

Alessandro kam einen Schritt näher auf sie zu.

»Grün hinter den Ohren, so sagt man doch im Deutschen, meinen Sie das?«

Auf den Wellen schaukelte ein Fischerboot. Manchmal verschluckte sich der Außenbordmotor und hustete.

»Wann können wir uns wiedersehen?«, fragte der Italiener.

»Vielleicht im Herbst, mal sehen«, erwiderte Katharina. Sie hatte sich entschieden, auch die raue Glasscherbe in das Handtuch zu legen, obwohl sie schon Dutzende von ähnlichen Stücken besaß.

»Würden Sie mich denn gerne nochmal treffen?« Alessandro griff nach Katharinas Hand.

»Es ist nicht so, dass ich nur aus Dankbarkeit hiergeblieben bin, obwohl ich ... ach, was rede ich, natürlich möchte ich Sie gerne wiedersehen. Ich habe die Tage sehr genossen. Nur«, sie unterbrach sich, weil das Fischerboot mit lautem Knattern davonbrauste, »ich muss morgen wirklich zurückfahren, so gerne ich auch geblieben wäre ... Ich denke, Sie verstehen mich, oder?« Sie sah Alessandro an, als wolle sie ihn davon zurückhalten, noch einmal seinen Wunsch zu äußern.

Erst nach Sonnenuntergang verließen sie den Strand von Vecciana.

8

Freiburg

»Die Frau Gerhardt is scho im G'schäft, Stiftsgass 14«, rief der Mann aus dem Fenster im dritten Stock, »die Straß rechts nunner, vierte Querstraß links. Sie können den Lade gar net verfehle, so wie der ausschaut.«

Alessandro bedankte sich für die freundliche Auskunft. Leider war der Taxifahrer, der ihn vom Bahnhof hergebracht hatte, schon abgefahren. Er hatte gehofft, Katharina vor Öffnung ihres Ladens noch zu Hause anzutreffen.

Freiburg kannte er schon lange. Von der Wetterkarte nach der Tagesschau. Immer wenn es in Norddeutschland regnete, hatte er sehnsüchtig auf diesen bevorzugten Südwesten geschaut, wo das Klima immer viel angenehmer zu sein schien. »Die höchsten Temperaturen gibt's morgen wieder im Breisgau …«

Alessandro hatte den kleinen Koffer bei der Gepäckaufbewahrung am Bahnhof abgegeben. Er wollte nicht wie ein Verwandter erscheinen, der ungebeten zu Besuch kam.

In der kaum belebten Fußgängerzone kaufte er einen bunten Sommerstrauß. Ohne Schwierigkeiten fand er den Dessous-Laden. Feine Miederwaren, schmale Slips und seidene Nachtwäsche, die freizügige Einblicke gewährte. Eine Zeitlang blieb er vor der Schaufensterscheibe stehen. Wie ein zufälliger Kunde. Ab und zu spähte er in den Laden. Konnte aber keine der beiden Frauen entdecken. Nach ein paar Minuten ging er hinein. Nun würde er sie endlich wiedersehen.

Als er die Ladentür hinter sich geschlossen hatte, begann Alessandro *tanti auguri a te*, die italienische Version des Liedes »Zum Geburtstag viel Glück«, zu singen. Den Strauß hielt er ausgestreckt in beiden Händen.

»Was wollen Sie denn hier?«, fragte die Verkäuferin, die hinter einem silbrigglänzenden Vorhang auftauchte. Ihre mürrische Miene ließ den Sänger verstummen.

»Ich bin gekommen, um Frau Gerhardt zu gratulieren. Ist sie noch nicht da?«

»Hier gibt's keine Frau Gerhardt«, bekam er zu hören. Die Verkäuferin begutachtete den Strauß. »Der is vom Blumen-Kurt gegenüber. Was hat er gekostet?«

Alessandro verhaspelte sich, als er den Preis nannte.

»Das ist nicht zu teuer.«

»Ist denn Billie wenigstens da?«, fragte der Italiener und zwinkerte der verkniffenen Frau aufmunternd zu.

»Wer soll das sein?«

Alessandro entschuldigte sich, er müsse sich wohl getäuscht haben. »Stiftsgasse 14.«

Mit einem Mal wurde das Gesicht der Verkäuferin ganz spitz. »Ach, Sie wollen zu den beiden halbseidenen Damen? Da müssen Sie an der nächsten Ecke rechts abbiegen und dann immer gradaus.«

Als er wieder vor dem Laden stand, blickte er sich um.

Was hatte die abweisende Frau damit gemeint? Bestimmt nahmen ihr Katharina und Billie die Kunden weg. Nun sah er das Straßenschild. Die Gasse ging nicht nach rechts, sondern nach links ab.

Alessandro schlenderte an den Auslagen vorbei. Muss ich meinen Auftritt eben noch mal wiederholen, dachte er.

Stiftsgasse 14 stand in blauen Lettern auf einer weißen Kachel.

Im Schaufenster erblickte er eine schwarze Kleiderpuppe mit grellroten Strapsen und einem BH, der die Brustspitzen freiließ, daneben eine Kollektion von vielfarbigen Dildos und Vibratoren.

»For Ladies« las Alessandro noch, bevor er schnell einen Schritt zur Seite trat, um sich hinter einem Mauervorsprung zu verbergen.

Ein Sex-Shop, kein Zweifel. Die Straße stimmte, die Hausnummer auch.

Jetzt erblickte er durch die Scheibe Billie, die im Gespräch mit einer Frau war. Ihr hellblondes Haar noch kürzer als in Montecatini. Sie trug ein eng anliegendes, schwarzes Kostüm. Leder? Katharina konnte er nicht ausmachen.

Alessandro fühlte sich mit einem Mal unbehaglich. Wie hatte er sich auf dieses Wiedersehen gefreut! Wie lange hatte er gezögert, die Reise nach Freiburg anzutreten, um Katharina wiederzusehen? Ganze sechs Wochen hatte er es ausgehalten. An ihrem Geburtstag wollte er sie überraschen. Glücklicherweise hatte Alessandro sich das Datum gemerkt. Es stand auf dem Anzeigenformular, das er auf dem Polizeirevier gesehen hatte.

Er wollte abwarten, bis die Kundin gegangen war. Unmöglich konnte er jetzt mit seinem Ständchen in das Geschäft hineingehen. Durften Männer diesen Laden überhaupt betreten? Er hatte Katharina völlig falsch eingeschätzt. Hätte sie ihm nicht sagen können, um was für ein Gewerbe es sich handelte?

Als er sich wieder hervorwagte, sah er, wie Billie der Kundin ein schwarzes Korsett vorführte. Das machte Alessandro nicht gerade ruhiger. Er zog sich wieder zurück.

Was wollte er mit der Besitzerin eines Sex-Shops anfangen? Was erwartete so eine Frau von einem Mann? Wie würden Giovanni und Marcello reagieren, wenn er ihnen davon erzählte? Und erst Didi? Hohngelächter war ein zu milder Ausdruck für das, was ihn bei seiner Rückkehr erwartete. Am besten, er würde ihnen gar nichts davon sagen.

Plötzlich hatte Billie ihn entdeckt, bevor er sein Gesicht verbergen konnte. Sie ließ die Kundin im Laden stehen, mit ein paar Schritten sprang sie an die Tür.

»Herr Bensi, kommen Sie doch herein, wir beißen nicht.«

Alessandro zögerte einen Moment, bevor er sich ein Herz fasste. Die Blumen hielt er wie einen Schutzschild in der Hand.

»Ich bin zum Gratulieren gekommen«, stammelte er verlegen.

»Katharina ist noch beim Friseur, aber das Geburtstagskind muss bald da sein.«

Alessandro versuchte, über die Auslagen mit Kondomen und Vibratoren hinwegzusehen. Noch nie hatte er so einen Laden betreten. In Montecatini gab es zwei solcher Geschäfte, deren Fenster waren von innen mit roter Farbe überstrichen.

»Ich kann aber doch so lange draußen warten«, gab er leise von sich.

»Da würden Sie etwas verpassen. Ich bediene nur noch gerade zu Ende, dann …« Billie zog ihn weiter ins Innere des Ladens. »Und den Strauß stelle ich besser ins Wasser.« Sie nahm ihm die Blumen ab. Alessandro fühlte sich augenblicklich ein wenig schutzlos.

Er ging, ohne die Kundin genauer anzusehen, in den rückwärtigen Teil des Geschäftes, in dem sich erotische Bücher und Videos befanden. »Kleiner Sexführer« – »Immer wenn ich mich verführe« – »Mach's besser, Liebling« waren einige der Titel, die er lesen konnte.

Die junge Frau hatte sich für einen BH und Slip aus schwarzem Leder entschieden. Sie zahlte mit Kreditkarte und verließ den Laden.

»Woher wissen Sie, dass Katharina heute Geburtstag hat?«, wollte Billie wissen, die mit einer Blumenvase aus der kleinen Einbauküche kam. Mit ein paar Handgriffen arrangierte sie den Sommerstrauß.

»Auf dem Revier … Montecatini … hab' es mir gemerkt«, Alessandro spürte, wie ihm die deutsche Grammatik wegrutschte. Noch immer sah er Billie nicht an. Hoffentlich kamen nicht gerade jetzt weitere Kundinnen.

Vielleicht war es doch keine gute Idee gewesen, Katharina überraschend einen Besuch abzustatten.

Auch wenn er sie in den letzten Wochen so vermisst hatte. Nur Didi und Marcello hatte er von der geplanten Reise erzählt. Die hatten ihm geraten, er solle sie doch gleich kidnappen oder unter einem Vorwand nach Italien locken. Einen guten Vorwand hatte Alessandro, soviel stand fest.

»Sind Sie jetzt schockiert, Herr Bensi?«, fragte Billie und sah den Italiener herausfordernd an.

»Ich … nein … ja … doch … ich dachte, Sie beide hätten eine Boutique für feine Damenwäsche, sagten Sie nicht so?«

»Es ist ein erotischer Laden für Frauen«, entgegnete Billie.

»In Italien nennt man so was Sex-Shop«, warf Alessandro ein.

»Dann eben ein Sex-Shop für Frauen, auch wenn wir häufig Männer als Kunden haben. Oder sie kommen zu zweit, das ist gar nicht so ungewöhnlich. Anfangs hatten wir nur erotische Wäsche, aber die gibt es jetzt in jedem Kaufhaus.«

Billie nahm einen roten, durchsichtigen Slip vom Bügel. Im Schritt ließ sich der zarte Stoff auseinanderteilen. »Das Modell haben wir gerade aus Holland hereinbekommen.«

»Da waren die italienischen Dessous ja eher harmlos, oder?« Alessandro betrachtete den Slip eingehend. Wenn die 14-jährige Tochter von Maria sich den übergezogen hätte, dann wäre sie aus dem Stubenarrest gar nicht wieder herausgekommen.

»Wir mussten in den ersten Jahren viel Lehrgeld zahlen. Anfangs haben wir nur gekauft, was uns gefiel und uns Spaß machte, aber die Wünsche der Kunden gehen ja sehr viel weiter. Wir können alles besorgen.«

»Aha«, sagte Alessandro.

Billie zeigte ihm Halsbänder, Strumpfbänder, Wildleder-Riemen und Intimpeitschen. »Die Geschichte der O, davon werden Sie schon gehört haben«, sagte Billie und hob eine Augenbinde hoch.

»Doch, doch, davon habe ich schon gehört.« Alessandros Befangenheit ließ ein wenig nach.

»Auch gelesen?«, fragte Billie.

»Nein, nein«, wehrte Alessandro ab, »das gab es nicht im Bücherschrank meiner Familie.« Er versuchte ein Lächeln.

An der Wand erblickte er großformatige erotische Fotos. Intime Einstellungen, Details in Nahaufnahmen, *erotic art.* »Wir machen jedes Jahr drei bis vier Ausstellungen«, erklärte Billie. »Wir haben auch schon Lesungen von erotischer Literatur veranstaltet. Die Freiburger mögen das sehr.«

Alessandro entdeckte auf einem der Fotos die Frau, die vor ihm stand, allerdings in einem durchsichtigen Body. »Das stammt von einer Modenschau, die wir letztes Jahr veranstaltet haben.« Bei einem Foto, das eine bläulich beleuchtete Vagina zeigte, ging ein kleiner Ruck durch Alessandro.

»Und das hier sind die Renner in unserem Geschäft«, Billie führte ihn an den Tresen, auf dem die Dildos und Vibratoren standen. »Nehmen Sie mal einen in die Hand.«

»Wer? Ich?«

»Ich wette, Sie haben so etwas noch nie angefasst.«

»Nein«, kam es von Alessandro zurück.

»Welches Sternzeichen sind Sie?«

»Widder.«

Billie suchte den Karton mit dem Widder-Vibrator. »Das ist ein besonders schönes Stück aus der neuen Astro-Kollektion. Eine hiesige Künstlerin hat das Design gemacht. Für jedes Sternzeichen gibt es ein eigenes Modell. Ganz lustig, was? Sehen Sie hier die Hörner des Widders.«

Billie reichte Alessandro den Vibrator. Nach einem kurzen Zaudern nahm er ihn in die Hand.

»Am unteren Ring kann man ihn einschalten.«

»Ach, das ist nicht nötig«, erwiderte Alessandro, der spürte, wie gut sich das weiche Silikon anfühlte.

»Mein Mann und sein Freund haben die entworfen. Es gab ja immer nur solche langweiligen Dinger aus Hartplastik und Gummi, die stanken entsetzlich beim Gebrauch, und manche von denen waren sogar giftig. Da haben die beiden bei uns zu Hause auf dem Küchentisch mit dem Knetgummi unserer Kinder angefangen zu experimentieren. Silikon ist der beste ungiftige Stoff. Heute boomt das Geschäft meines Mannes, die Firma exportiert sogar schon nach Australien.«

»So, so«, entfuhr es Alessandro, »bis nach Australien.«

Er stellte den Widder schnell auf die Glasplatte zurück.

»Mein Lieblingsstück ist aber das Teufelchen, das gibt es in Rot und Schwarz.«

Billie hatte den Vibrator eingeschaltet und reichte ihn dem Italiener.

»Fühlen Sie mal.« Sie führte seinen rechten Zeigefinger an das Gerät. »Mit den kleinen Teufelshörnern lässt sich auch die Schwanzspitze ganz schön erregen.«

In diesem Augenblick ging die Tür auf.

»Ich hab' uns Kuchen mitgebracht, Billie«, rief Katharina, »und wie seh' ich aus?« Sie drehte sich einmal um ihre eigene Achse.

Alessandro, der mit dem Rücken zur Tür gestanden hatte, fuhr herum.

»Was … was machen Sie denn hier?«

Vor Schreck ließ Alessandro das Teufelchen zu Boden fallen. Billie bückte sich, um es wieder aufzuheben.

»Ich bin aus Montecatini hergefahren, um …« Weiter kam er nicht.

Katharinas rote Mähne war zu aufregenden Wellen getürmt. Ihr Gesicht war leicht geschminkt, die Lippen in Veilchenblau.

»Aber Sie hätten doch vielleicht vorher mal anrufen können?«

»Katta, sei nicht so streng, bitte. Unser Herr Bensi hat dir einen schönen Strauß mitgebracht.« Billie hob die Blumenvase hoch.

»Ja, aber solche Überraschungen …«

Alessandro zog geschwind etwas aus seiner Jackentasche. »Ich bin eigentlich gekommen … ich wollte Sie einladen … zum Palio in Siena. Über einen Freund habe ich diese zwei Tribünenplätze … Lucio, mein Freund, der Maler, erinnern Sie sich noch?«

Katharina ließ sich die Karten geben und blickte darauf. Der Palio, mein Gott, wie gerne würde ich den mal erleben, dachte sie. Aber sie sagte: »Mitte August. Ich weiß gar nicht, ob ich dann überhaupt hier weg kann.« Katharina schaute zu Billie hinüber.

»Das ist mein Geburtstagsgeschenk, und natürlich auch mein Geburtstagswunsch an Sie«, sagte Alessandro, nachdem er sich ein paarmal geräuspert hatte.

»August, da ist immer Flaute, natürlich kannst du fahren, Katta.«

Alessandro nickte ihr zu. »Vielleicht sollte ich uns jetzt einen guten Schluck holen, ich meine, so ein Geburtstag kann doch nicht ganz trocken begangen werden. Eigentlich wollte ich ja noch ein Ständchen singen.«

Und dann sangen Billie und er »Zum Geburtstag viel Glück«. In zwei Sprachen.

Katharina schwenkte freudig die Eintrittskarten hin und her. »Wir wollten heute Abend zum Italiener. Nur Billie und ich. Ich hatte keine Lust auf eine große Party mit Gästen. Wenn Sie mitkommen wollen, dann wären wir zu dritt. Sie sind herzlich eingeladen.«

Billie applaudierte. »Wozu doch Geburtstage gut sein können. Katta hat mir viel von Ihnen erzählt, was sage ich, Sie hat immer jubiliert, wenn von Ihnen die Rede war.«

»Billie, lass das, ja?«

»Aber wenn es doch stimmt.« Sie wandte sich an Alessandro. »Was haben Sie bloß mit ihr angestellt, nachdem ich weggefahren bin?«

»Ich? Nichts!«, antwortete Alessandro.

Er ging auf Katharina zu und umarmte sie. »Herzlichen Glückwunsch, *tanti auguri.*«

Ein Kunde betrat den Laden.

Ohne »Guten Tag« zu sagen, begann er zu reden. Es klang wie einstudiert. »Ich hab' gehört, Sie haben da so was, das man sich über den …« er stockte, suchte nach dem passenden Wort, »sich über den Pimmel zieht, damit der noch länger erigiert …«

Alessandro verzog keine Miene. Er beobachtete Katharina, die sich über die Geschäftspost beugte. Einen Sex-Shop hatten die beiden Frauen. Hätte es etwas geändert, wenn ich es gewusst hätte, dachte er.

»Meinen Sie einen Penisring?«, fragte Billie.

Der Mann nickte. »Sie müssen es wissen.«

Billie führte den Kunden an das Regal auf der rechten Seite des Ladens. Dort hingen kleine Liebesspielzeuge: silberne Klammern, rote Kugeln, schwarze Lederbänder.

»Die Penisringe gibt es in verschiedenen Größen.«

Der Mann betrachtete das Angebot. »Tja, welchen nimmt man da?« Er wandte sich an Billie.

»Das müssen Sie am besten wissen«, erwiderte sie.

Der Kunde drehte einen Gummiring in der Hand, legte zwei Finger hinein. Nahm einen anderen, der etwas größer war.

»Ich glaube, der könnte passen!«, sagte er ziemlich erleichtert.

»Wollen Sie den Penisring gleich mal in unserer Kabine ausprobieren?«, gab Billie von sich, ohne auch nur eine Miene zu verziehen.

Alessandro bemerkte das erschrockene Gesicht des Kunden.

Billie lachte hell auf: »Nein, nein, das war nicht ernst gemeint.«

Als der Kunde den Laden verlassen hatte, sagte Alessandro: »Daran muss ich mich erst gewöhnen. Obwohl es mir gefällt, wie offen bei Ihnen darüber geredet wird.«

Katharina sah von den Briefen auf: »Wenn Sie etwas von unseren Artikeln gebrauchen können, sagen Sie es nur. Immerhin hatten Sie ja eine weite Anreise.«

9

Poggiolo

Lucio hielt beide Fäuste vor seinem Mund geballt. »*Non questo cavallo, per Dio!*«, rief er immer wieder aus. Er stand im Pulk von Mitgliedern der Contrada Chiocciola. Alle trugen rot-gelbe Halstücher, in deren Mitte eine kriechende Schnecke auf einem Wappenschild abgebildet war. Manche Männer hielten sich die Augen zu, andere waren auf die Knie gegangen und beteten.

Über der Piazza del Campo lag an diesem Freitag, dem 13. August, eine sonderbare Spannung. Tausende von *contradaioli* warteten auf die Auslosung, welches Pferd ihnen für das große Palio-Rennen in drei Tagen zugeteilt werden würde. Die Pferde, auf deren Hinterbacken weiße Zahlen aufgemalt waren, standen in Boxen auf dem festgestampften Lehmboden der überaus gefährlichen Rennstrecke rund um den muschelförmigen Platz. Eine geschlossene Kette von Carabinieri riegelte die aufgebrachte Menge von Pferden und Besitzern ab, damit es zu keinen Übergriffen kommen konnte.

Lucio hatte die Augen weit aufgerissen. Wenn sie Chiocciola dieses schwache Pferd, die Nr. 4, zugeteilt bekämen, würden sie auch in diesem Jahr nicht siegen. Ein Klepper wie dieser konnte alle Hoffnungen zunichtemachen.

Am langen Holztisch, der auf dem Podium vor dem Sieneser Rathaus stand, hielt der Bürgermeister den Loszettel hoch und sprach ins Mikrofon: »*Tartuca*!« Damit war die Contrada der Schildkröte gemeint, des Stadtviertels, das an die Schnecke angrenzte.

Augenblicklich setzte ein ungeheurer Spott bei den Schnecke-Anhängern ein. Sie riefen »Bäh, bäh« in Richtung ihrer Feinde, als sei denen eher ein Schaf als ein Pferd zugeteilt worden. Sie stimmten Hohngesänge auf die Schildkröte an. »*Prepotenti 'e Tartuchini*«, anmaßend und arrogant sind die Schildkröten-Mitglieder.

Lucio schaute zu Katharina und Alessandro hinüber, die in einiger Entfernung dem merkwürdigen Treiben zusahen. Er zuckte kurz mit den Schultern. Sein Blick ging gleich wieder zurück zum Podium. Der Maler hatte gesagt, erst nach der *tratta*, der Auslosung der Pferde, habe er Zeit für sie. Alessandro hatte das verstanden, weil er wusste, dass sein Freund ein fanatischer Anhänger war. Katharina war es etwas seltsam vorgekommen, dass er nicht mal Zeit fand, zur Begrüßung einen Espresso mit ihnen zu trinken.

»Du musst ihn verstehen, Katharina«, sagte Alessandro, »an solchen Tagen sind selbst die klügsten Männer blind.«

Die nächste Nummer wurde gezogen.

Die 7.

Auf einer großen Holztafel, die am Rathaus hing, wurde die Zahl in ein Fach gesteckt.

Katharina konnte beobachten, wie alle gebannt auf die Lostrommel starrten, in der sich die Namen der restlichen Contraden befanden. Am frühen Morgen hatten die Besitzer ihre Pferde zur medizinischen Untersuchung in den Innenhof des Rathauses gebracht. Zehn von ihnen waren nach den ersten Probeläufen für den Palio ausgewählt worden, möglichst gleichwertige Pferde, damit keine Contrada besonders bevorzugt werden würde. Dennoch wussten die Anhänger des Palio in jedem Jahr genau, welches ein *cavallo bono*, ein gutes Pferd, war, mit dem man eine Chance auf den Sieg hatte.

»*Aquila*!« Kaum hatte der Bürgermeister den Namen genannt, setzten laute Klagen bei den Bewohnern des Stadtviertels Adler und die Spottgesänge ihrer Feinde ein. »*Merda gialla l'Aquilini*«, Adler-Bewohner sind gelbe Scheiße.

Beim ältesten Pferderennen der Welt, das seit 1238 in Siena ausgetragen wurde, kam es nicht nur darauf an zu siegen, sondern ebenso, dass der traditionelle Rivale eine Niederlage kassierte. Am besten war es, wenn die Feinde beim Rennen auf Platz zwei landeten. Dann war die Demütigung am größten.

Neben dem Bürgermeister saßen die zehn *capitani* der Contraden, jedes Stadtviertel schickte seinen Hauptmann, um die Auslosung zu überwachen. Zwei Pagen übernahmen das Ziehen der Lose.

Nr. 3.

»Votta-Votta«, schrie Lucio, völlig außer sich. »Das ist das Pferd, das sie unbedingt haben wollen«, sagte Alessandro. »Als ich Lucio gestern angerufen habe, um einen Treffpunkt für heute Morgen auszumachen, da hat er nur von diesem Pferd geschwärmt. Als sei es sein neuer Gott. Ich glaube, er merkte nicht mal, dass ich am Telefon war.«

Katharina hatte die Einladung ihres italienischen Cicerone erst angenommen, als sie Wilma und Peter in Poggiolo erreicht hatte. Sie wollte den Besuch des Palios mit einem Wiedersehen verbinden. Nach der Geburtstagsfeier in Freiburg vor knapp zwei Monaten hatte Alessandro sie jede Woche angerufen. Ob sie auch wirklich nach Siena kommen werde. Billie hatte sie deswegen oft aufgezogen, Katharina sei Alessandro bestimmt nicht zufällig begegnet.

»Chiocciola«, rief der Bürgermeister ins Mikrofon. Ein Page steckte den Namen der Contrada auf die Holztafel neben die Nummer 3.

Die Bewohner des Schnecke-Stadtteils rissen die Arme hoch.

Begeisterungsschreie. Luftsprünge.

Sofort stürmten sie los, durchbrachen die Absperrung der Polizei, umringten ihren Reiter Massimino und begleiteten das zugeloste Pferd unter Anführung des Stallmeisters von der Piazza del Campo in ihr Stadtviertel.

Einige Anhänger der Schildkröte brachen in Tränen aus. Dieses Pferd hätten sie selbst gerne gehabt.

Der Zufall, der darin lag, welches Pferd das Los den zehn teilnehmenden Contraden zuteilte, wurde von allen stets als ein unabwendbares Schicksal empfunden. Man konnte das Pferd weder tauschen noch ein anderes verlangen. Selbst wenn es krank werden oder sterben sollte, gab es keinen Ersatz. Dann konnte die Contrada eben nicht am Rennen teilnehmen.

»Hoffentlich bringt Votta-Votta ihnen Glück«, sagte Alessandro. »Wollen wir mit ihnen ziehen oder auf deine Freunde warten?«

Katharina sah auf die Uhr.

»Wenn ich schon beim Palio bin, dann will ich auch alles mitbekommen«, erwiderte sie.

Wie ein Lauffeuer ging es durch die Stadt, dass Chiocciola das beste Pferd bekommen hatte.

Die *chiocciolini* tanzten in den Straßen, sangen ihre Lieder, lagen sich in den Armen und weinten vor Freude. Seit 1982 hatte ihre Contrada kein Palio mehr errungen, siebzehn demütigende Jahre, nun konnten sie endlich wieder Hoffnung schöpfen. Mit diesem Pferd würde nichts schiefgehen.

»Das ist Katharina«, sagte Alessandro, als sie endlich Lucio in der jubelnden Menge wiederentdeckt hatten. »Sie kommt aus Deutschland, ich habe sie eingeladen …«

»*Io sono felice, molto felice, moltissimo felice*«, der Maler umarmte Katharina so stürmisch, dass er sie beinah erdrückt hätte. Sie spürte, dass die überschwänglichen Glücksbezeugungen keineswegs ihr galten.

Lucio trug ein gelbes Hemd, auf dessen Rücken eine Schnecke mit hochgestellten Fühlern zu sehen war. Seine rote Hose hatte blaue Streifen an der Naht. Auf dem Kopf eine Schirmmütze, ebenfalls in den Farben der Contrada. Sein bärtiges Gesicht passte eher ins 16. Jahrhundert, als die Maler an den florentinischen Höfen zugleich die gehätschelten Hofnarren waren.

An der Via San Marco, die sich mitten durch das Schnecken-Viertel zog, stockte der Umzug. »*Chio-Chio-Chiocciola*«, so hallten die Rufe durch die leicht abfallende Straße mit ihren mittelalterlichen Häusern.

»Wir müssen das Pferd jetzt Tag und Nacht bewachen«, sagte Lucio heiser, »damit keiner unserer Feinde es vergiftet. Das ist schon öfters vorgekommen.« Mit diesen Worten war der Maler davongeeilt.

Alessandro rief ihm noch hinterher, wann sie sich sehen könnten, aber Lucio drehte sich nicht mal um.

»Ein schöner Freund«, meinte Katharina, »ich dachte, ihr hättet euch längere Zeit nicht mehr getroffen.«

»Palio ist ...«, Alessandro unterbrach sich, »Ausnahmezustand, die fünfte Jahreszeit, *l'ùltima follìa*, die totale Besessenheit ... aber auch zugleich tödlicher Ernst.«

Als sie eine Stunde später auf die Piazza del Campo zurückkehrten, brannte die Sonne schon heiß.

Ein Straßenkünstler unterhielt die Gäste in den Restaurants und Cafés, die nach der *tratta* ihre Tische wieder nach draußen gestellt hatten. Trotz der Hitze trug er einen schwarzen Anzug, auf dem Kopf eine rote Ballonmütze. Er ging hinter Passanten her, zupfte sie am Ohr oder fasste sie unversehens an der Hand. Wenn sie sich umdrehten, tat er so, als habe er nichts damit zu tun. Er spritzte ihnen aus einer Sprühflasche Wasser aufs Haar, und wenn sie es bemerkten, zeigte er nach oben, als seien die Tauben für dieses Missgeschick verantwortlich. Mit einem Zollstock vermaß er Hintern und Brüste oder benutzte ihn wie ein Agent als vermeintliches Handy. Wenn japanische Touristen auf den Platz kamen, steckte er sich blitzschnell eine Trillerpfeife in den Mund und dirigierte sie in die andere Richtung. Ein wunderbares Spiel mit der Schadenfreude.

»Ach, hier sitzt ihr«, sagte Wilma, »wir haben da drüben auf euch gewartet.«

Sie begrüßte Katharina und Alessandro und setzte sich zu ihnen an den Tisch.

»Gefällt euch Manfredo? Der hat hier jeden Mittag sein großes Publikum. Er ist großartig, ich kann ihm immer wieder zuschauen.«

Peter fotografierte den Straßenkünstler in verschiedenen Posen. Dann gesellte er sich zu ihnen.

»Hätten Sie etwas dagegen, wenn wir Katta heute entführen?«, fragte Wilma und schaute zu Alessandro hinüber.

»Entführt in der Toskana, lautete so nicht mal der Titel eines Kriminalromans, der zur Zeit der sardischen Entführungen spielte?«

Keiner der Deutschen hatte je von diesem Roman gehört.

»Wir müssen morgen zu einer Übersetzerkonferenz in die Schweiz reisen, Katta. Tut uns leid, aber das kam ganz überraschend. Und seit Peter im Vorstand der internationalen Übersetzervereinigung ist ...«

»Du kannst natürlich bei uns wohnen«, fügte Peter schnell hinzu, »das Haus steht ganz zu deiner Verfügung.«

Manfredo kam an ihren Tisch. Er hielt eine Kaffeedose in der Hand.

»Lasst mal stecken, ich mache das schon«, sagte Alessandro und holte ein paar Münzen aus seiner Hosentasche.

Der Straßenkünstler bedankte sich. Auf Japanisch.

»Du hast doch nichts dagegen, Alessandro, oder?« Katharina griff nach seiner Hand. »Wir müssen die alten Zeiten mal wieder hochleben lassen.«

Sie sah ihm an, dass er sie nur ungerne ziehen ließ.

»Du wolltest doch das Atelier von Lucio besichtigen«, wandte Alessandro ein.

»Das können wir gleich morgen früh machen«, erwiderte Katharina, »wenn die beiden doch nur heute für mich Zeit haben …«

Alessandro willigte ein. Er ließ sich beschreiben, wie er nach Poggiolo gelangte, um Katharina am nächsten Morgen abzuholen.

Mit einer flüchtigen Umarmung verabschiedeten sie sich.

Als sie im roten Fiat saßen, erzählte Katharina, wie der Herr Bensi plötzlich an ihrem Geburtstag in Freiburg aufgetaucht sei. »Ich hatte überhaupt nicht damit gerechnet. Plötzlich stand er in unserem Laden …«

»Du hast einen Laden?«, fragte Peter.

»Ach, hab' ich das noch gar nicht erzählt? Meine Freundin Billie und ich haben ein Geschäft für Erotica. *For Ladies* heißt er.«

»Und läuft er gut?«, wollte Wilma wissen.

»Hab' ich richtig gehört, du hast einen Sex-Shop? Für Frauen?« Peter drehte sich am Steuer um.

»Was dagegen?«, fragte Katharina.

»Nein, nein«, antwortete Peter. »Aber erstaunt darf man doch sein.«

Katharina wandte sich an Wilma. »Seit letztem Jahr schreiben wir endlich schwarze Zahlen. Gar nicht so einfach, selbständig zu sein. Was das für ein Krampf mit den Behörden und den Banken war! Immerhin haben wir einen günstigen Kredit für Existenzgründer ergattern können.«

Auf der alten Cassia zwischen Siena und Florenz waren sie Richtung Poggibonsi gefahren. Zwischen den kleinen Ortschaften lagen sonnenverbrannte Felder, auf den Hügeln großzügige Anwesen der Weinbauern.

Poggiolo bestand nur aus fünf Häusern, die sich um eine kleine Piazza kauerten.

Im Haus war es angenehm kühl.

»Komm, ich zeige dir dein Zimmer«, rief Wilma und führte Katharina ins Obergeschoss.

»Augen schließen«, befahl sie.

Katharina hörte, wie Wilma Fensterflügel und Läden öffnete.

»Das ist der eigentliche Grund, warum wir das Haus gekauft haben. Augen auf, Katta.«

Sie erblickte die mächtige Burganlage von Monteriggioni. Sie thronte auf einem Hügel.

»Als wir zum ersten Mal in Poggiolo zu Besuch waren, sind wir fast jeden Tag dorthin gepilgert. Wir werden sie aber erst heute Nacht besuchen, wenn die Touristenschwärme wieder verschwunden sind. Diese Burg wird in Dantes *Göttlicher Komödie* erwähnt. Über die gewaltigen Wachttürme heißt es da: ›Wisse, es sind nicht Türme, sondern grässliche Giganten, die in der Hölle stehen.‹« Das trutzige mittelalterliche *castello* war umgeben von einer massiven Festungsmauer und stand auf einem mit Weinreben und Olivenbäumen bestandenen Hügel.

Den ganzen Nachmittag verbrachten sie im kühlen Wohnzimmer, das früher eine Taverna gewesen war. Peter sorgte für Nachschub an Wein und Wasser, Wilma stellte zu viele Fragen auf einmal.

»Wieso hast du dich von Norbert getrennt? In unserer WG wart ihr doch wie eine heilige Familie! Norbert war regelrecht fixiert auf dich.«

»Aber noch fixierter war er auf seine Karriere, Wilma. Da lief einfach nichts mehr zwischen uns.«

»Hat er denn wenigstens anständig Unterhalt gezahlt, nachdem du ihn all die Jahre durchs Studium gebracht hast?«

Katharina erzählte, dass sie keinen Unterhalt von Norbert haben wollte, sie habe da ihren Stolz, nur für das Studium von Felix müsse er aufkommen.

»Warum hast du in Freiburg nicht mit der Schauspielerei weitergemacht? Das war doch nach den Anfängen in Frankfurt dein größter Wunsch!«

»Ich habe es versucht. Ein paar Mal habe ich vorsprechen dürfen, aber es hat nicht geklappt.«

»Und warum hast du dann diesen Laden aufgemacht?«

»Die Idee stammte von Billie, die hatte davon gehört, dass es in Berlin und Bremen so etwas gibt. Sie hat mich begeistert, und dann haben wir losgelegt. Es macht mir viel Spaß.«

Katharina erfuhr, dass die beiden das Leben in der Toskana keineswegs nur als Idylle empfanden. Ihnen fehlten die deutschen Freunde sehr. »Glücklicherweise leben wir nahe genug an großen Städten, in denen es ein vielfältiges kulturelles Angebot gibt. Aber für unsere Arbeit ist die Einsamkeit von Poggiolo ideal.«

Katharina war überrascht, als Wilma ihr die vielen Bücher zeigte, die sie in den letzten Jahren übersetzt hatten. Über fünfzig Titel. »Wir müssen ganz schön fleißig sein.«

Am frühen Abend gingen sie in die Stammkneipe der beiden Deutschen, »Da Quinto al Ceppo«, eine Trattoria für Fernfahrer an der alten Cassia, unweit von Poggiolo.

Katharina wurde als alte Freundin vorgestellt. Erst Großvater Quinto, der über 85 Jahre alt war und viele Stunden des Tages an der silbernen Gaggia-Kaffeemaschine stand. Dann Adriano, dem 60-jährigen Sohn, der versprach, ihrem Besuch vor dem Essen seinen »Zoo« zu zeigen. Und dem Enkel David, der als Kellner im Lokal arbeitete.

Sie nahmen an der Bar einen Aperitif.

»In den ersten Jahren saßen wir auf der Terrasse auf kahlem Betonboden, an langen, ungehobelten Holztischen, beschienen von drei flackernden Neonröhren. Inzwischen haben sie immer weiter ausgebaut.«

Adriano, dessen Gesicht rötlich leuchtete, kam, um sein Versprechen einzulösen. Zu dritt gingen sie hinter ihm her, Katharina in der Mitte.

Der »Zoo« war eine Wildschweinzucht. Über 200 Tiere suhlten sich auf einem weitläufigen, eingezäunten Stück Land. Adriano holte einen fiependen Frischling aus dem Gatter und zeigte ihn Katharina. Sie hatte nicht das Bedürfnis, das stachelige Tier zu streicheln.

»Wir müssen selbst für Nachschub sorgen, denn es gibt in der Toskana nicht mehr genügend Wildschweine, um den Bedarf der Restaurants zu decken«, erklärte Adriano. Bei der Fütterung gab es ein solches Gedränge, dass sich Katharina an den Morgen erinnert fühlte, als sich die johlenden *contradaioli* durch die engen Straßen schoben.

Während des Essens berichtete Wilma von ihrem ersten Palio. Das war in den Jahren, als sie noch keine Hausbesitzer in Poggiolo waren. »Es ist ein einzigartiges Spektakel, Katta. Die übermütigen Fahnenschwenker, Gesänge schallen über den weiten Platz, die hellen Trompeten und die dumpfen Trommeln. Aber ich hätte keine Lust mehr, mir die Beine in den Bauch zu stehen.« Der Wettkampf um das Banner der Jungfrau Maria, der jedes Jahr zweimal ausgetragen werde, Anfang Juli und Mitte August, sei weniger ein Touristenereignis als ein ausgesprochen ernsthaftes Spiel für die Sienesen. »Das kannst du auch daran sehen, dass man auf die Pferde nicht wetten kann, was in jedem anderen Land längst geschehen wäre.«

»Alessandro muss dich ja sehr lieben«, meinte Peter, »wenn er Tribünenplätze für euch besorgt hat.«

»Sein Malerfreund hat sie ihm geschenkt«, erwiderte Katharina. Sie nahm einen Schluck Wasser.

»Dann muss er ein erfolgreicher Maler sein. Die Tribünenplätze kosten an die dreihundert Euro, vielleicht sogar mehr.«

»Die sind so teuer?«

»Jede einzelne Karte kostet so viel«, sagte Peter.

Als sie weit nach Mitternacht auf der Piazza in Monteriggioni standen, über sich das ungeheure Sternenzelt, verstummten ihre Gespräche für eine ganze Weile. Als hätte der Himmel ihnen den Atem genommen.

10

Siena

Wie erstarrt blieb Katharina vor dem Ölbild stehen. War dies eine Sinnestäuschung? Welche Ähnlichkeit. Sie blickte auf ein Mädchen mit fließendem rotem Haar, das eine weiße Augenmaske trug, der schmale Mund mit einem leichten Lächeln, volle Lippen, das sanft gerundete Kinn stolz erhoben. Im Hintergrund sah Katharina Siena, auf dessen Dächern Holzfiguren tanzten, Pinocchio ganz verwandt. An der rechten Seite waren drei grüne Schnecken übereinandergetürmt. Auch Alessandro hatte die Ähnlichkeit bereits entdeckt.

Das Mädchen trug ein weißes Hemd mit einem violetten Kreuz. Die Augen erstrahlten in hellem Blau. Ein Betrachter konnte sich dem herausfordernden Blick nicht entziehen. Mit Blattgold war der Himmel über Siena ausgemalt.

Katharina erinnerte sich an die Zeit, als sie so lange Haare trug. Wie alt mochte sie gewesen sein? Dreizehn, vielleicht vierzehn Jahre. Die Zeit der Fragen, der Aufbrüche. Die Zeit, als sie zum ersten Mal in einen Jungen verliebt war. Die Kämpfe mit ihrer Mutter um eine halbe Stunde mehr Ausgehzeit.

Erst gegen Mittag waren sie in das Atelier von Lucio gekommen, das sich in der Via San Marco befand. Der Maler war in bester Feierlaune. Immerhin hatte Chiocciola das erste Proberennen am Vorabend gewonnen, mit deutlichem Abstand. Lucio erzählte ausführlich alle Phasen des Rennens, nannte die Namen der Pferde, die in der San-Martino-Kurve gestürzt waren. Es hatte eine schwere Karambolage gegeben. Diese abfallende 90-Grad-Kurve machte den meisten Reitern zu schaffen.

»Ihr hättet Votta-Votta sehen müssen. Er hat die Kurve wie eine Schwalbe genommen. Massimino ist einfach mit ihm hindurchgesegelt«, hatte Lucio geschwärmt. Ein *fantino*, so wurden die Reiter genannt, sei sofort ins Krankenhaus gebracht worden. Aber leider sei es nicht der von der Schildkröte gewesen.

»Wir werden den Palio dieses Jahr gewinnen, da geht kein Weg dran vorbei!«, hatte Lucio ausgerufen. Seine Stimme war ziemlich heiser gewesen, setzte manchmal mit einem Kickser aus, so dass er erst nach einigem Räuspern wieder sprechen konnte.

Katharina hätte ihn gerne gefragt, wann er das Bild dieses Mädchens, das ihr so glich, gemalt habe. Aber Lucio hatte die beiden in sein Atelier geführt und war dann gleich wieder verschwunden. »Schaut euch die Bilder allein an«, hatte er sie aufgefordert, »ich habe noch schnell etwas zu erledigen.«

Schon einige Male war Katharina zu Gast bei Künstlern gewesen, nicht zuletzt um Bilder für die Ausstellungen in ihrem Laden auszuwählen, aber noch nie hatte ein Maler darauf verzichtet, ihr seine Werke zu zeigen und mit ihr darüber zu reden. Sie wollte Alessandro nicht darauf ansprechen. Der hatte seinen Freund jedes Mal in Schutz genommen, wenn sie auch nur eine kleine Bemerkung gegen ihn gemacht hatte.

Es war der selbstbewusste Gesichtsausdruck dieses Mädchens, der Katharina faszinierte. Dieses Hier-bin-ich, seht-mich-an, noch inmitten der Symbole einer kindlichen Welt, aber dieser schon entwachsen.

»Im Laufe der vielen Jahre hat Lucio seine Stile immer wieder gewechselt, als würde er sich jedes Mal häuten«, sagte Alessandro. »Anfangs malte er ganz naturalistisch, ein wirkliches Zeichentalent, dann entdeckte er die Farbe, und seine Ölbilder waren beinah abstrakt, nur zwei Jahre später schickte er mir Radierungen in Schwarzweiß, die wieder Personen und Gegenstände erkennen ließen.«

»Das Bild würde ich gerne kaufen«, sagte Katharina, die immer noch nicht den Blick von dem Mädchen nehmen konnte. Was für ein Stolz ging von diesem Gesicht aus, was für eine Kraft.

Eine halbe Stunde später kam der Maler zurück. Auf seinem runden Gesicht ein breites Strahlen: »Alles in Ordnung! Wir können rein!« Alessandro sah ihn fragend an. »Ich habe doch die Schlüssel für unser Heiligtum besorgt. Es ist zwar nicht erlaubt, aber Marco hat sie mir mit einem Augenzwinkern gegeben. Kommt! Gehen wir!«

Katharina fragte den Maler nach dem Bild und ob sie es erwerben könne.

»Das Mädchen«, Lucio zögerte, fuhr sich mit der rechten Hand in den Vollbart, »nein, das verkaufe ich nicht.«

Alessandro stellte sich neben Katharina. »Siehst du die Ähnlichkeit nicht?«

»Doch, doch, die habe ich gleich bemerkt. Aber«, Lucio unterbrach sich, »das Bild zeigt meine älteste Tochter. Deswegen möchte ich es nicht verkaufen.«

Das »Heiligtum« befand sich auf der anderen Straßenseite, nur wenige Häuser von Lucios Atelier entfernt. Jede der siebzehn Contraden in Siena besaß einen eigenen Regierungssitz, eine Kirche für den Schutzpatron und ein Museum voller Reichtümer aus den letzten Jahrhunderten.

»In erster Linie sind wir Mitglieder einer Contrada, dann erst Sienesen«, erklärte Lucio, während er die schwere Holztür aufschloss. »Nicht, dass wir nicht auf die schönste Stadt der Toskana stolz wären, aber wir sind nun einmal *chiocciolini*, und damit basta.«

Sie betraten einen abgedunkelten Raum. In mit blauem Samt ausgeschlagenen Glasvitrinen befanden sich goldene Pokale und Monstranzen, kleine Altäre und liturgische Geräte. An der hölzernen Kassettendecke die Wappen der vornehmen Familien der Contrada. In der Mitte das Wappentier, die Schnecke, umgeben von goldgelben Blattranken, über denen eine Krone schwebte.

»Mit langsamen und schweren Schritten schreitet die Schnecke den Platz hinab, um zu siegen«, zitierte Lucio das Motto seiner Contrada. »Und ihr werdet es heute Abend wieder erleben. Ihr könnt stolz sein, dabei sein zu dürfen.«

»Wieso heute Abend?«, wollte Katharina wissen.

»Es gibt das nächste Proberennen, und wir wollen doch zusammen hin, oder?«

»Ja, klar«, beeilte sich Alessandro zu sagen.

Über eine schmale Steintreppe kamen sie ins Obergeschoss und traten durch eine Seitentür auf die Empore der Kirche.

Lucio bekreuzigte sich. Er zeigte auf den rechten Seitenaltar hinunter: »Dort wird Votta-Votta am Tag des Rennens gesegnet werden. Das dürft ihr nicht verpassen, ein sehr bewegender Moment für uns alle.«

Katharina lehnte sich über die Brüstung der Empore und betrachtete die überaus prächtig ausgeschmückte Kirche. An jedem der drei Altäre hingen rot-gelbe Fahnen.

»Gleich bei der Geburt werden unsere Kinder Mitglieder der Schnecke. Nach der Taufe in der Kirche erfolgt noch mal eine Taufe an unserem Brunnen. Das Haus, in dem ein Kind geboren wurde, wird mit unserer Fahne geschmückt, an der ein hellblaues oder ein rosafarbenes Band befestigt wird, je nachdem, ob es ein Junge oder ein Mädchen ist.«

»Und wenn das Kind im Krankenhaus geboren wird, das in einem anderen Stadtteil liegt?«, fragte Katharina.

Lucio zog mit dem rechten Zeigefinger das untere Augenlid hinunter.

»Da sorgen wir vor. Früher schüttete man einen Eimer Erde aus unserer Contrada unter das Bett der Gebärenden. Heute wird das Kind nach der Geburt in unsere Fahne eingewickelt.«

Lucio berichtete, dass er durch Heirat in die Contrada Chiocciola aufgenommen worden sei. »Ihr könnt euch nicht vorstellen, was für eine tiefe Freude es war, zu dieser wunderbaren Gemeinschaft dazugehören zu dürfen. In einer Contrada ist niemand allein. Wir helfen uns gegenseitig. Wenn einer eine Wohnung braucht oder Arbeit sucht, wir sind zur Stelle.«

Der Maler begann Katharina zu gefallen. Sie wollte mehr über diese so eigene Welt erfahren, die auf eine Tradition von vielen Jahrhunderten zurückblicken konnte.

»Jeden Tag treffen wir uns in der Bar bei Marco, oft essen wir gemeinsam in unserem Stadtteilhaus. Bei Chiocciola lebt keiner für sich. Es gibt einen Club für die Kinder und einen für die Alten. Die Frauen haben ihre *società*. Wir machen gemeinsam Ausflüge, veranstalten Straßenfeste. Wir wählen alle zwei Jahre unsere eigene Regierung. So müsste die Demokratie funktionieren.«

Lucio zeigte ihnen eine Treppe aus gläsernen Stufen, die in die Kleiderkammer hinaufführte. Prunkvolle Uniformen seit dem 16. Jahrhundert hingen in den Glasschränken, die sich über mehrere Stockwerke erstreckten. Goldbestickte Brokatkostüme, blankgeputzte Hellebarden, silberglänzende Helme und Rüstungen.

»Habt ihr meinen Namen schon entdeckt?«, fragte der Maler.

Katharina wusste gar nicht, wohin sie zuerst schauen sollte, ein wenig verwirrt von dieser ungeheuren Pracht.

»Hier«, Lucio zeigte auf eine Treppenstufe, auf der sein Name eingeritzt war, »diese habe ich gestiftet. Alles, was ihr hier seht, ist irgendwann mal gestiftet worden. Als es hieß, wer ist bereit, für die neue gläserne Treppe aufzukommen, habe ich eine Spende gezeichnet.«

Die mehr als zweitausend Mitglieder der Contrada Chiocciola würden fünftausend Euro als Jahresbeitrag zahlen, aber das reiche keineswegs für die Ausgaben. »So ein Palio kostet viel, viel mehr.«

»Was bekommt der Reiter, wenn ihr gesiegt habt?«, fragte Alessandro.

»Das weiß nur unsere Regierung … aber hunderttausend Euro werden das wohl sein! Wir haben unter unseren Mitgliedern einige, die sehr großzügig spenden.«

Zum Schluss betraten sie den Ehrensaal, das Herzstück des Heiligtums. Hier hingen die gewonnenen Banner früherer Rennen. Jedes Jahr wurde ein einheimischer Maler beauftragt, ein Banner für den Palio anzufertigen. Einzige Bedingung war, die Jungfrau Maria musste darauf zu erkennen sein.

Der riesige Saal im Kellergewölbe war von vielen Scheinwerfern angestrahlt. Als sie eintraten, blendete das grelle Licht Katharina.

Seit 1661 hatte die Contrada Chiocciola über fünfzigmal den Palio errungen. »Und da sind die Siege von 1654, 1679 und 1856 nicht mitgerechnet«, sagte Lucio mit ernster Miene, »die macht man uns noch streitig.«

»Hast du denn auch schon ein Palio-Banner gemalt?«, fragte Alessandro, während er die ältesten Banner betrachtete.

Mit einem Mal verstummte der gesprächige Maler. Er sah über seine Freunde hinweg, als habe er die Frage nicht gehört.

Erst nach einer Weile antwortete er: »Ich warte seit vielen Jahren auf diesen Auftrag, aber bisher hat mich der Ruf noch nicht erreicht.« Lucio hob die Augenbrauen. »Es wäre die größte Ehre in meinem Leben.

Allerdings müsste Chiocciola dann auch gewinnen. Wie in diesem Jahr!«

»Wie in diesem Jahr«, wiederholte Alessandro. Sie schlugen die Hände wie Basketballer nach einem gelungenen Wurf gegeneinander, lachten laut und umarmten sich.

Katharina studierte die Texttafel, die unter einer verwitterten Statue aus Holz angebracht war. Als beim Juli-Palio des Jahres 1896 Chiocciola nur den 3. Platz erzielt hatte, versenkte der enttäuschte Francesco Domenici die Statue des Abtes San Antonio, des Schutzheiligen der Pferde, in einem Brunnen. Auch in den folgenden Jahren hatte die Contrada kein Glück. Erst nachdem die Frauen des Stadtviertels im Oktober 1910 die Statue wieder aus dem Brunnen gefischt hatten, gewann die Schnecke im darauffolgenden Juli.

»Wer den Himmel zu strafen sucht, läuft Gefahr, selbst der Bestrafte zu sein«, sagte Lucio zu Katharina. »Glücklicherweise haben wir unseren Irrtum noch eingesehen und den Heiligen befreit. Ich habe ein paar Studien von ihm angefertigt. So verstümmelt die kleine Statue auch ist, so lebendig erscheint sie mir immer noch.«

Am späten Nachmittag begaben sich die drei auf den Weg zur Piazza del Campo. Lucio hatte ihnen Halstücher der Schnecke geschenkt und sie gebeten, sie anzulegen. Das sei besser so, hatte er hinzugefügt, man könne nie wissen.

Von überallher kamen die *contradaioli*. Manche hatten sich hinter ihrem Pferd eingereiht, das mit lauten Gesängen durch die Straßen der Stadt geführt wurde.

»Der beste Platz, um die Rennen zu verfolgen, ist der Brunnen Fonte Gaia, da steht man erhöht und hat den größten Teil der Strecke im Blick.« Lucio trieb sie zur Eile an, damit ihnen diese Plätze nicht weggeschnappt wurden.

Katharina war erstaunt, wie viele Menschen sich schon auf der Piazza eingefunden hatten. War das wirklich nur ein Proberennen? Entscheidend sei der Sieg beim Palio, hatte Lucio ihr erklärt, die Proberennen würden meist taktischen Spielchen dienen. »Außerdem müssen die Pferde mit der mörderischen Piste vertraut gemacht werden und sich an den Lärm auf dem Platz gewöhnen.«

Alessandro hatte sich bereits in einen *chiocciolino* verwandelt, so sehr hatte ihn die Begeisterung seines Freundes angesteckt.

Böllerschüsse hallten über den muschelförmigen Platz. Die Rennstrecke musste freigemacht werden. Die Männer der Stadtreinigung begannen mit breiten Besen, den festgestampften Lehmboden zu fegen.

Wir gehören zur Schnecke
lang lebe Rot und Gelb
unsere Farben sind von großer Schönheit
wir gehören zur Schnecke
ihr werdet Respekt vor uns haben.

Immer wieder intonierten die Anhänger von Chiocciola dieses Lied, bei der letzten Zeile reckten sie die Fäuste.

Die Hitze auf der Piazza hatte kaum nachgelassen, obwohl die Sonne nur noch den oberen Teil des

Rathauses beschien. Der hoch aufragende Turm mit seiner weißen Krone sah in diesem Licht noch imposanter aus.

Oftmals mussten die Helfer des *pronto soccorso* mit einer Trage in die Menge, um ohnmächtig gewordene Zuschauer hinauszubringen.

Katharina beugte sich zu Alessandro und sagte auf Deutsch, sie habe ein wenig Platzangst bei dem Gedränge, ob er sich bitte neben sie stellen könne.

»*I cavalli*«, schrie Lucio und sprang hoch.

Von ihrem erhöhten Standpunkt aus konnten sie beobachten, wie die Pferde aus dem Innenhof des Palazzo comunale herausgeführt wurden. Der Lärm auf der Piazza schwoll weiter an.

»Heute starten wir als letztes Pferd, dafür aber im Galopp«, sagte Lucio. Bei jedem der sechs Proberennen werde die Startordnung geändert. Votta-Votta befand sich zehn Meter hinter dem Feld der neun Pferde, die am *canapo*, dem Startseil, nebeneinander in Position gehen sollten. Es dauerte eine ganze Weile, bis der Starter Reiter und Pferde in die richtige Ordnung gebracht hatte.

Erst jetzt entdeckte Katharina, dass die Reiter ohne Sattel auf dem Pferderücken hockten. Die Rennordnung sehe vor, dass die Pferde *nudi*, nackt, geritten werden müssten, erklärte ihr Lucio. Seine Stimme war schon wieder heiser. Als hätte sich Staub auf seine Stimmbänder gelegt. Er zeigte Katharina die Tribüne, auf der sie und Alessandro während des Palio sitzen würden. »Ich stehe lieber auf der Piazza, zusammen mit meinen Freunden.« Wie kam dieser Maler dazu, ihnen so teure Sitzplätze zu schenken? Sie hatte vergessen, Alessandro danach zu fragen.

Noch einmal hallten Böllerschüsse über das weite Rund. Jedes Mal zuckte Katharina zusammen. Tauben flatterten auf. Ein dumpfer Glockenschlag.

Dann fiel das Startseil.

Votta-Votta schoss an den vor ihm startenden Pferden vorbei und ging sofort in Führung. Ein, zwei Längen voraus. Wer sollte dieses Pferd besiegen?

Lucio wies mit ausgestrecktem Finger auf das Pferd und rief andauernd seinen Namen. Wie eine althergebrachte Beschwörungsformel.

Katharina konnte sich gar nicht so schnell mitdrehen, wie die Pferde um den Platz galoppierten. Eine wilde Jagd. Gehetzt von den Erwartungen der Anhänger.

Lauter und lauter wurde das Geschrei auf dem Platz.

Schon waren die beiden ersten Runden vorbei, noch immer lag Chiocciola in Front, allerdings dicht gefolgt von Tartuca, dem Erzfeind.

»Votta-Votta, Votta-Votta.« Alessandro schrie sich die Kehle aus dem Leib. Katharina spürte seine Erregung. Leise sprach auch sie den Namen des Pferdes mit. Sie sah Lucios verzerrtes Gesicht. Er bekam kaum einen Ton heraus.

Als die Pferde hinter der Fonte Gaia vorbeirasten, hatte plötzlich die Schildkröte die Nase vorn. Kurz dahinter die Schnecke.

Das andere Feld deutlich abgeschlagen.

In der San-Martino-Kurve passierte es.

Tartuca kam mit zu hohem Tempo angebraust, das Pferd geriet aus dem Tritt, stolperte einmal, zweimal, warf den Reiter ab. Er flog in hohem Bogen gegen die gepolsterte Bande.

Das Pferd galoppierte weiter.

Bis ins Ziel.

Chiocciola wurde Zweiter.

»*Merda*, *merda*, *merda*!«, schrie Lucio.

Katharina konnte es nicht fassen, dass das Rennen schon beendet sein sollte. Sie hatten fast anderthalb Stunden auf den Start des Probelaufes gewartet, und in nicht mal neunzig Sekunden war alles vorbei.

Lucio war außer sich vor Wut.

»Diese verdammten Hurensöhne von der Schildkröte haben gewonnen. Was für eine Schande!«, krächzte er wild gestikulierend.

»Der Reiter ist doch vom Pferd gefallen«, wandte Alessandro ein.

»Ganz egal, ob mit oder ohne *fantino*. Sie haben gewonnen!«

Alessandro versuchte, seinen Freund zu trösten, aber er spürte, dass der Maler es nicht zuließ. Immer wieder schlug er die Hände vors Gesicht. Katharina sah, wie Lucio mit den Tränen kämpfte.

»Ich muss zu ihnen«, sagte er und drängte sich durch die Menge.

Der Tumult auf dem Platz ebbte erst langsam ab.

Aufgeregte Gespräche.

Wütende Beschimpfungen.

Üble Flüche.

Was war mit dem Reiter von Tartuca passiert? Hatte man ihn vom Pferd gestoßen? War der Palio jetzt wieder offen? Wieso hatte sich Votta-Votta die Führung abnehmen lassen? Hatte es Absprachen zwischen den Jockeys gegeben? Alessandro beteiligte sich lautstark an den Diskussionen.

Katharina spürte Erleichterung, als das Gedränge nachließ. Solche Menschenaufläufe mochte sie nicht.

»*Chiocciolini affogasanti*«, spotteten die Anhänger der Schildkröte mit hoch erhobenen Fäusten, Schnecken-Bewohner sind Heiligenersäufer.

Katharina öffnete den Knoten ihres Halstuchs und zog es langsam vom Nacken.

11

Montalcino

Links und rechts der schmalen Straße himmelhohe Postkarten. Auf einer Anhöhe eng zusammengedrängt zwanzig dunkelgrüne Ausrufezeichen. Zu beiden Seiten einer weißstaubigen Straße eine schwarze Allee, die in einer leichten Drehung sanft den Hügel hinaufglitt. Auf dem welligen Bergrücken eine einzelne Pinie.

Katharina bat Alessandro immer wieder anzuhalten, damit sie die Landschaft einatmen könne. Welcher Schriftsteller hatte einmal formuliert, dass nur in Italien die Bäume genau wüssten, wo sie zu stehen hätten, um für ein ästhetisches Foto zu posieren?

Sie waren südlich von Siena über Taverna d' Arbia in Richtung Asciano gefahren, in die *Crete Senesi*, deren Böden aus Lehmerde bestanden.

Mitten in einem abgeernteten Weizenfeld lag ein Landgut, das von Pinien und Zypressen eingerahmt war. Aus grünen Hecken und Büschen ein sorgsam angelegter Schutzwall. Die dunkelbraunen, gefurchten Felder sahen wie frisch gekämmt aus. *Calanchi*, wie die Erdfurchen genannt wurden, und *biancane*, kleine, weiße Lehmkuppeln, die in der Sonne aufglänzten.

Das Mittagslicht war bereits zu hell zum Fotografieren. Katharina legte die Kamera wieder auf den Rücksitz.

Die kahlen Kammstraßen, die parallel laufenden Treckerspuren im dunklen Grün, ein rotes Backsteinhaus mitten auf dem sonnenverbrannten Acker.

I cipressi che a Bolgheri alti e schietti
Van da San Guido in duplice filar
Quasi in corsa giganti giovinetti
Mi balzarono incontro e mi guardar.

Die Zypressen von Bolgheri hoch und alt
gehen von San Guido aus doppelreihig
fast laufend, riesige Jungen,
die mir freudig entgegensprangen,
um mich anzuschauen.

»Das Gedicht kennt jeder toskanische Schüler. Es stammt von Giosuè Carducci, unserem ersten Nobelpreisträger. Wir mussten es auswendig vortragen können.«

Katharina bat Alessandro, alle Strophen aufzusagen, so sehr liebte sie es, wenn er Gedichte rezitierte.

»Ich habe sie nicht alle behalten«, erwiderte er, »es ist ein ziemlich langes Gedicht.«

»Dann eben so viele Strophen, wie du noch weißt«, insistierte sie.

Während er sprach, überkam sie ein überaus wohliges Gefühl. Selten hatte ein Gedicht sie derart gerührt. Es handelte von einer uralten Baumallee, die einen heimkehrenden Jüngling einzuladen versuchte, für immer in ihrem Schatten zu verweilen.

Als Alessandro geendet hatte, beugte sich Katharina zu ihm hinüber und küsste ihn.

»Ich kann noch mehr Gedichte«, sagte er ein wenig überrascht.

»Dann küsse ich dich wieder«, antwortete sie.

Alessandro sah Katharina eine ganze Weile an, seine Augen leuchteten: »Ich bin noch nie dort gewesen.«

»Wo?«

»In Bolgheri. Ich kenne zwar das Zypressen-Gedicht seit meiner Schulzeit, aber gesehen habe ich die Allee noch nie.«

»Lass uns doch einfach hinfahren. Ist sie in der Nähe?«, wollte Katharina wissen.

»Nein, leider nicht. Aber wir könnten nach dem Palio dorthin ...« Alessandro unterbrach sich. Die Straße machte eine spitze Kurve, sodass er heftig abbremsen musste.

Nach dem Palio muss ich wieder nach Freiburg zurück, dachte Katharina, aber sie sagte nichts. Sie hielt den Kopf in den Fahrtwind und ließ ihre roten Locken flattern. Mit diesem Herrn Bensi könnte ich um die ganze Welt reisen.

Ein knappe Stunde später hatten sie das Weingut von Gianni in Montalcino erreicht. Er war der Dritte im Bunde gewesen. Während der ersten Semester hatte er mit Alessandro und Lucio in der Sieneser Wohngemeinschaft gelebt. Vor mehr als zwanzig Jahren hatte er mit dem geborgten Geld seiner Freunde die »Osteria Le Logge« eröffnet und sie mit seiner Frau Laura zu einem der bekanntesten Lokale in Siena gemacht. Seine eigentliche Leidenschaft aber galt dem Weinanbau.

»Ich dachte schon, du hast mich vergessen«, rief Gianni und pfiff den weißen Hirtenhund zurück, der zur Begrüßung an Alessandro hochsprang, »hat man dich in Deutschland nicht zur Pünktlichkeit erzogen?«

Die beiden Männer umarmten sich lange, dann stellte Alessandro Katharina vor.

»Wie soll ich jetzt sagen ... sie ist eine ... ganz ... wunderbare Frau ...« Er blickte sie an und lächelte: »Und sie liebt italienische Gedichte!«

»Da sind Sie an den Richtigen geraten, *signora*, Alessandro hat schon immer mit Lyrik seine besten Erfolge bei Frauen errungen. Lucio hat sie porträtiert, und ich ... ich habe sie bekocht. Und was meinen Sie, wer die besten Chancen bei den Kommilitoninnen hatte?«

Gianni zeigte auf Alessandro. »Der hat uns beide immer ausgestochen.«

»Na, na, wenn du ihnen was Gutes zu essen serviert hast, hattest du auch ganz gute Chancen, oder?«

Der Weinbauer forderte sie auf, in seinen Landrover einzusteigen, er wolle ihnen seine Neuerwerbung zeigen. Olmo, so hieß der weiße Hirtenhund, saß neben Gianni auf dem Beifahrersitz. Ab und zu drehte er seinen zotteligen Kopf nach hinten und beäugte die beiden auf der Rückbank.

»Ich habe ungeheures Glück gehabt«, sagte Gianni, als sie auf dem neuen Grundstück angekommen waren, »wir haben drei, vier Bohrungen durchgeführt, aber kein Wasser entdeckt. Wenn du hier Wasser heraufschaffen musst, lohnt sich der Weinanbau kaum noch.«

Der Blick vom Weinberg ging weit über ein sanft abfallendes Tal bis hin zum Monte Amiato.

Katharina liebte solche weitläufigen Ausblicke.

»Jemand erzählte mir von einem Wünschelrutengänger. Ich glaub' ja nicht an so was, aber was sollte ich machen. Der Mann kam, sah aus wie ein Steuereintreiber, korrekt mit Anzug und Krawatte. Es dauerte nicht mal einen halben Tag, da hatte er eine Wasserader aufgespürt. Da müsst ihr bohren, da und sonst nirgendwo, hat er gesagt, ganz ohne Aufregung. Er hatte tatsächlich recht. Wir haben jetzt eine eigene Quelle! Und was wollte er für seine Dienste haben? Hundert Euro und ein Abendessen in unserem Lokal, basta. Was, Olmo, da haben wir einen Hauptgewinn gezogen.« Er streichelte seinem Hund über den Kopf.

Auf dem vier Hektar großen Grundstück waren bereits weit über tausend Holzpfähle in den Boden gerammt worden, die mit langen Stahldrähten verbunden waren, an denen sich die Reben hochranken sollten. Die sechstausend Schösslinge waren eingepflanzt, schon trieben die ersten aus. »*Lavoro duro*, harte Arbeit«, sagte Gianni. Zuerst hätten sie den Boden von riesigen Gesteinsbrocken säubern müssen, er wies auf die Steinhaufen am Rande des Feldes. »Daraus bauen wir später die *cantina*.«

Gianni überprüfte die Spannung der Stahldrähte, richtete einen umgestürzten Holzpflock auf, begutachtete die Pflanzen. »Es ist eine täglich neue Freude, die Reben wachsen zu sehen.« Er bückte sich immer wieder, um das frische Grün der Triebe zu berühren. »Die Erde ist, wenn sie dir gehört, noch schöner.«

Über Handy gab er Laura Bescheid, dass sie erst später zum Essen kommen würden. »Ihr müsst ja auch den Weinberg besichtigen, den mein Vater vor fünfzig Jahren angelegt hat. Er ist immer noch sehr ertragreich.«

Unterwegs sprach Gianni davon, dass vor der Ernte Ende September aus jedem Weinbauer in der Gegend ein frommer Katholik werde. »Elf Monate fluchen wir, und einen Monat beten wir, damit es nicht zu regnen anfängt.« Die Toskaner liebten vulgäre Flüche, aber in der Zeit vor der Ernte sei man lammfromm.

Die alten Rebstöcke hingen voll dunkelvioletter Weintrauben. Immer wieder zupfte Gianni einzelne heraus und ließ sie zu Boden fallen. Manchmal entfernte er eine ganze Traube. »Das machen wir jeden Tag. Dreißig Prozent der Produktion werden weggeworfen. Ich lasse die Trauben auf dem Boden verrotten. Das habe ich von meinem Vater gelernt. Nur alle zwei, drei Jahre werden die Wege gesäubert. Die alten Trauben sind die beste Nahrung für die neuen Reben. Ihr könnt mal probieren, sie sind zwar noch nicht sehr süß, aber man kann schon ahnen, wie sie werden. Wenn hier die Wespen herumschwärmen, wissen wir, dass die Trauben süß genug sind. Dann kommt die Ernte.«

Sangiovese grosso, so heiße die Traube, aus der hauptsächlich sein Brunello hergestellt werde, erklärte Gianni, sie würden sich von der herkömmlichen Sangiovese-Traube in Farbe und Größe unterscheiden.

»Ich mache gegenwärtig nicht mehr als fünfzigtausend Flaschen, dreißigtausend davon Brunello, zwanzigtausend Rosso di Montalcino, aber mit dem neuen

Weinberg, mal sehen. Was, Olmo, da werden wir den anderen schon die Goldmedaillen wegschnappen.«

Der Hirtenhund tauchte sofort zwischen den Rebstöcken auf, wenn sein Herr ihn rief.

»Kommst du morgen zum Palio?«, fragte Alessandro.

»Nein, ich hab' hier zu tun. Außerdem hat *tartuca* keine Chance, bei dem Zossen ...« Gianni schnaubte durch die Nase, und es klang, als wolle er einen lahmen Gaul karikieren.

Laura hatte schon gegessen, als die drei endlich in der Küche standen. »Wenn Gianni in seinem Weinberg unterwegs ist, vergisst er immer alles um sich herum. Besonders aber mich.«

Sie gab ihrem Mann einen Klaps auf den Hinterkopf, den er mit einem Kuss auf ihre Stirn beantwortete.

Zum Essen kredenzte Gianni seinen eigenen Brunello di Montalcino. Er ließ ihn in dem bauchigen Weinglas kreisen, wedelte mit der rechten Hand den ausströmenden Duft in seine Nase, nahm vorsichtig einen kleinen Schluck und kaute ihn schmatzend.

Katharina hatte dieses Ritual der Weinkenner stets ein wenig belächelt, aber nun kam es ihr so vor, als liege tatsächlich ein Sinn in dieser Art, den Wein zu kosten.

»Er braucht noch ein paar Minuten, um seine Kraft zu entfalten«, sagte Gianni, »dann könnt ihr ihn trinken.«

Gianni schenkte den beiden Gästen das Glas halbvoll, bevor Laura Risotto mit Erdbeeren servierte. Was für wundervolle Freunde Alessandro hat, dachte Katharina, und wie selbstverständlich ich aufgenommen werde, als würde ich schon lange zu ihnen gehören.

Sie ließen die Gläser beim Anstoßen klingen.

»Ein gutes Essen auf den Tisch zu bringen zeugt von Kultur – das war immer Giannis Motto«, sagte Alessandro zu Katharina. Deswegen habe er sich stets als ebenbürtig mit den Künstlern empfunden, die so gerne in ihrem Lokal verkehrten.

Auf der Rückfahrt nach Siena bog Alessandro in Buonconvento zur Abbadia di Monte Oliveto Maggiore ab. »Lucio hat mir vor vielen Jahren die Fresken im Kreuzgang gezeigt, sie sind wirklich etwas Besonderes. Die musst du dir anschauen.«

Die große, von Zypressen umstandene Klosteranlage strahlte weithin sichtbar im rötlichen Abendlicht. Von Mönchen der Olivetaner, eines Zweigs des gestrengen Benediktiner-Ordens, war dieses Kloster Anfang des 14. Jahrhunderts errichtet worden.

Als sie aus dem Wagen gestiegen waren, hakte sich Katharina bei Alessandro ein. Ihr sei vom Wein ein wenig schwindelig, fügte sie verschmitzt lächelnd hinzu.

Die Fresken im Kreuzgang, in dem sich kaum Besucher aufhielten, besaßen eine ausdrucksvolle erzählerische Kraft. Die Lebensgeschichte des Heiligen Benedikt, dargestellt in fünfunddreißig überaus farbenfrohen Wandgemälden. Man konnte den Heiligen auf seinem Weg begleiten, als würde man mit ihm ziehen. Auf einer Tafel im Marmorsockel wurde vom Inhalt jeder Episode berichtet.

Alessandro zeigte Katharina das Selbstbildnis des Malers Giovanni Antonio da Bazzo, eines Schülers Leonardo da Vincis und Raffaels. »Der Mann im

Hermelinmantel mit den zwei gezähmten Dachsen, der gönnerhaft in der Mitte des Bildes steht, das ist Sodoma, wie er schon zu seiner Zeit genannt wurde. Der eigentliche Inhalt des Gemäldes, Benedikt setzt einen zerbrochenen Krug instand, erscheint nur am Rand. Ganz schön überheblich, dieses Mal-Genie.«

Katharina ging nah an das Fresko heran. Der bestickte Hermelinmantel war eines mächtigen Fürsten würdig, nicht eines vom Kloster ausgehaltenen Künstlers. Selbst die am Halsband geführten Dachse blickten zu dem selbstbewussten Maler auf.

»Du wirst überrascht sein, wie tolerant die gestrengen Mönche damals waren«, sagte Alessandro, »Sodoma war als Lebemann bekannt und wurde trotzdem Nachfolger des berühmten Luca Signorelli. Sodoma hielt sich alle möglichen Tiere in seinem Atelier, Affen, Meerkatzen, Turteltauben und Zwergesel. Man nannte ihn *mattaccio*, den Verrückten, aber ließ ihn ungehindert malen. Papst Leo X. hat Sodoma sogar zum Ritter geschlagen, so sehr verehrte er dessen Können.«

Alessandro wies Katharina auf die Gemälde von Signorelli hin, von dem acht der Fresken stammten. »Leider sind sie nicht gut erhalten. Signorelli ist heute der bekanntere Maler. Er hat sich damals nur die strengen Themen ausgesucht: Wie Benedikt zwei Mönche, die sich in einer Schenke vergnügt haben, zur Rede stellt.«

»Da hätten wir beide auch nichts zu lachen, wenn plötzlich der Heilige Benedikt vor uns auftauchen würde«, erwiderte Katharina.

Am besten gefiel ihr das Bild »Tanz der Freudenmädchen«. Es stellte kahlgeschorene, betende Mönche dar, die ziemlich konsterniert dreinblickten, als keck gekleidete, lebenslustige Frauen vor ihrer Klosterpforte ein Tänzchen aufführten. Zwischen den beiden Personengruppen spazierte ein weißer Zwergpudel.

»Wer würde sich von denen nicht gerne versuchen lassen«, sagte Alessandro und umfasste Katharinas Taille.

12

Il Palio di Siena

Votta-Votta scheute, sprang hoch und wieherte hell auf. Erschrocken wich die Menge zurück. Der Stallmeister hatte große Mühe, das Pferd am Zaumzeug in die Kirche zu führen. Tack-tack, die Hufeisen klapperten auf dem Marmorboden, tack-tack. Einige Besucher fielen auf die Knie, leise murmelten sie Gebete. Es gab im dicht besetzten Kirchenrund niemanden, der zu dieser Messe ohne sein Schnecken-Halstuch erschienen war.

Katharina und Alessandro saßen auf der Empore neben Lucio, der ihnen diese Plätze reserviert hatte. Zwar waren bei der Segnung des Pferdes Touristen zugelassen, aber man beobachtete sie, damit sie nicht ungehindert in die Nähe des verehrten Tieres kommen konnten. Schließlich war es vor Jahren einem Beauftragten der feindlichen Schildkröte gelungen, ihrem Pferd in der Kirche Schlaftabletten einzuflößen.

Neben dem Pferd schritt Massimino, der Jockey, auf dem alle Hoffnungen ruhten. Sein rot-gelbes Kostüm war aus fester Seide, auf dem Kopf trug er die lederne Reitkappe, ebenfalls in den Farben der Chiocciola.

Kräftige Ordner halfen, den Raum vor dem Altar, an dem der Priester wartete, freizubekommen. Unruhig tänzelte Votta-Votta hin und her.

»*Silenzio*«, rief der Priester. Augenblicklich wurde es still in der hell erleuchteten Kirche, die über und über mit Fahnen der Contrada geschmückt war.

Am Morgen hatte es geregnet, was die Bewohner von Chiocciola seit jeher als gutes Omen nahmen. *Se piove vince la Chiocciola*, nach dem Regen kommt ja die Schnecke stets aus ihrem Haus.

Lucio hielt es nicht mehr auf seinem Platz. »Ich muss hinunter zu den anderen«, rief er, bevor er seine beiden Gäste verließ. Alessandro rückte sogleich neben Katharina. »Unser Lucio ist eben ein Paliomane«, sagte er augenzwinkernd.

Der *corretore*, der Stadtteilpriester, berührte die Nüstern des Pferdes und sprach leise mit dem Stallmeister, bevor er mit der Segnung begann.

»O Gott, Helfer und Beschützer der Menschheit, bewache, schütze und verteidige Deinen Knecht Massimo Coghe, genannt Massimino, vor den möglichen Gefahren im kommenden Rennen. Nimm, o Herr, unser Gebet an und lass Deine Gnade auf Votta-Votta ruhen. Möge die Gnade des allmächtigen Gottes, des Vaters und des Sohnes und des Heiligen Geistes, mit Euch sein.«

Während der Priester Weihwasser auf Pferd und Jockey spritzte, antwortete die Gemeinde mit einem lauten Amen.

»Gehet hin in Frieden«, beschloss der Priester die Segnung.

In diesem Augenblick ließ Votta-Votta ein paar Äpfel auf den Marmorboden fallen.

Ein Raunen ging durch die Menge. Die heilig-ernsten Gesichter erhellte ein Lächeln.

»*Que fortuna*«, entfuhr es einer Frau, die neben Katharina auf der Empore saß.

Der *capitano* der Chiocciola trat mit dem rechten Fuß in den Haufen. Die Anhänger klatschten Beifall und stimmten ihren Schlachtruf an.

»*Vai e torna vincitore*«, übertönte der Priester die einsetzenden Gesänge, »geh, und kehre als Sieger zurück!« Mit diesem Satz entließ er Pferd und Jockey. Der Stallmeister führte die Stute vorsichtig zum Portal. Noch im 19. Jahrhundert mussten die Stuten während der Segnung weiße Häubchen tragen, weil es den Frauen nicht gestattet war, ohne Kopfbedeckung die Kirche zu betreten. Mit einem neuerlichen Wiehern verließ das gesegnete Pferd die Kirche.

Am Abend zuvor hatten Katharina und Alessandro an der *cena della prova generale*, dem Festessen nach der Generalprobe, teilgenommen. Als sie die langen, weißgedeckten Tafeln gesehen hatte, die sich durch sämtliche Gassen der Contrada erstreckten, erinnerte sich Katharina an Lucios Ölgemälde, das Alessandro ihr vor einigen Monaten in seiner Wohnung gezeigt hatte. Die gespannte Erwartung, die übergroßen Hoffnungen. Nun konnte sie am eigenen Leib spüren, was das Bild schon damals für sie ausgedrückt hatte. Nach und nach hatten sich die *chiocciolini* am langen Tisch eingefunden und so Lucios Bild mit Leben gefüllt. Glücklicherweise hatte Votta-Votta bei der Generalprobe wieder die Nase vorn gehabt. »Wie ein Sektkorken ist unser Pferd abgegangen«, hatte Lucio ausgerufen. Das Pferd der Tartuca sei als vorletztes eingekommen. »Was für eine Genugtuung!« Die Feindschaft gegenüber der Schildkröte war von Tag zu Tag größer geworden. Lucio hatte ihnen erzählt, dass Paare, die aus unterschiedlichen Contraden kamen, sich während der Tage des Palios trennten. Das sei besser so.

Zwischen den Gängen des einfaches Mahles hatte der *capitano* das Wort ergriffen: »Eine Nacht der Träume hat in Siena begonnen. Auch wir von Chiocciola haben unsere Träume. Wir haben den Traum von einem großen Sieg.« Ein Jubelsturm war losgebrochen, der minutenlang nicht hatte enden wollen.

»*Chiocciolini*, endlich ist es soweit, es war ein langer und harter Winter, der über siebzehn Jahre dauerte. Jeder, der so wie wir für den Palio lebt, hat die Bedeutung der Schnecke auf der Piazza erkannt. Ich habe das Geschwätz aus den Zeitungen gehört, die Leute sagen, unser Jockey Massimino werde insgeheim für die Schildkröte reiten. Nein, das stimmt nicht! Massimino sagt, er reitet nur für uns, und er hält Wort! Es wäre aber dumm zu glauben, wir hätten schon gewonnen. Zu einem Sieg beim Palio gehören viele Faktoren, vor allem brauchen wir Glück. Merkt euch eins, wir gehen morgen auf den Platz, um zu siegen, um den Palio zu erlangen, den wir so lange vermisst haben.« Überwältigender Beifall hatte die Rede immer wieder unterbrochen. Die Schnecken-Bewohner waren von ihren Sitzen aufgesprungen und hatten Siegeshymnen angestimmt. Bevor er das Podium verließ, hatte der *capitano* gesagt:

»Ich gehe jetzt, ihr wisst schon, wohin!« Lucio hatte Katharina und Alessandro erklärt, dass der Anführer ihrer Contrada nun zu den anderen *capitani* gehe, um letzte Absprachen für das morgige Rennen zu tätigen. Dabei gehe es um sehr hohe Summen, die aber nur im Falle des Sieges an die Verbündeten gezahlt werden müssten.

Von ihren Plätzen auf der Tribüne konnten sie ausgezeichnet sehen. Gleich neben ihnen befand sich das Tor, durch das die Pferde einziehen würden, vor ihnen lagen Start und Ziel, und ständig blickten sie auf die riesige Muschel, die Piazza del Campo, die bis zu dem Rund der hohen mittelalterlichen Wohnhäuser reichte.

»Hat Lucio uns wirklich diese teuren Plätze geschenkt?«

Alessandro zögerte einen Moment, bevor er antwortete: »Nicht ganz … er hat uns die Karten besorgt. Die bekommt nämlich nicht jeder.«

Der Mann, der neben ihnen Platz genommen hatte, stellte sich als Don Eberhardo vor. Er komme aus Malaga angereist, seit vielen Jahren nehme er an jedem August-Rennen teil. »Ich bin immer schon da, wenn die gelbbraune Erde auf die Rennstrecke geschüttet wird und die Bewohner der Stadt sie gemeinsam festtreten. Jedes Mal neu fasziniert mich, wie sich im Laufe der Woche Siena verändert. Wie ein brodelnder Vulkan kurz vor dem Ausbruch.« Auf die Frage, woher er so gut Deutsch sprechen könne, antwortete Don Eberhardo, er sei Deutscher, habe sich aber in seinem Haus in Malaga zur Ruhe gesetzt. Das Leben als Kulturmanager sei ihm irgendwann zu stressig geworden.

»Zuviel Geschwindigkeit, zu viele Kilometer, zu viel Geschwätz.«

Als die große Glocke auf dem Mangia-Turm läutete, begann die Parade. Der historische Festumzug, *corteo storico*, war eine prächtige Zurschaustellung der Reichtümer der Stadt Siena und ihrer Contraden. Bannerträger und Knappen, Trommler und Fahnenschwinger, Ständevertreter und Ritter in silbernen Rüstungen.

»Sie tragen gar kein Halstuch«, sagte Katharina zu Don Eberhardo.

»Ich fühle mich auch zu keiner Contrada zugehörig, sondern wähle jedes Jahr meinen Favoriten. Dieses Jahr bin ich für Leocorno, das Einhorn. Mal sehen, wie wir abschneiden.«

»Chiocciola wird gewinnen«, warf Alessandro sofort ein. »Wir sind uns ganz sicher.«

»Es ist sehr gefährlich, vom Sieg so überzeugt zu sein. Wie oft habe ich bei den *contradaioli* nach den wildesten Hoffnungen tiefste Verzweiflung miterlebt.«

Ein Trommler und zwei Fahnenschwinger eröffneten den Umzug der Komparserie einer jeden Contrada, gefolgt vom Anführer in Begleitung von zwei bewaffneten Männern, dahinter Pagen, Stallmeister und *il barbero*, so wurde das Pferd genannt, das im Palio lief, und zum Schluss das Paradepferd, auf dem der Jockey im Galakostüm saß. Als die Contrada Chiocciola den Platz betrat, erhob sich ein ungeheurer Jubel unter ihren Anhängern.

»Haben Sie davon gehört, dass das Rennen abgesprochen sein soll?«, fragte Katharina. »Unser Freund Lucio erwähnte gestern Abend so etwas.«

Don Eberhardo lachte in sich hinein. »Ja, die Absprachen, das ist eine Geschichte für sich. Die Kapitäne sprechen sich untereinander ab, immer nur zu zweit, welches starke Pferd man blockieren könne, um die Chance des eigenen Sieges zu erhöhen. Die Kapitäne bieten den Jockeys *sotto banco*, unter dem Tisch, höhere Summen, als sie von ihrer eigenen Contrada bekommen, damit sie nicht voll durchreiten. Und die Jockeys bieten untereinander bis kurz vor dem Start enormes Geld, um einen anderen vom Sieg abzuhalten.«

»Aber dann ist das doch gar kein faires Rennen«, unterbrach ihn Katharina ein wenig ärgerlich, »sondern bloß ein abgekartetes Spiel.« Alessandro legte seine Hand auf ihren Arm.

»Nein, nein«, wehrte Don Eberhardo ab, »die *partiti* gehören seit Jahrhunderten dazu. Die unendlich vielen Absprachen werden zwar getroffen, aber tatsächlich nutzen sie wenig. Es gibt so viele Versuche aller Beteiligten, das Schicksal beim Palio zu beeinflussen, dass am Ende das Renngeschehen gar nicht gesteuert werden kann. Als ich mal einen Kapitän von der Giraffa fragte, ob sich denn die ganze Zeit und Mühe lohne, solche Absprachen jedes Jahr wieder neu zu treffen, sagte er, sie seien sehr wichtig, und wenn auch nur deswegen, weil allen dieses Spiel so viel Spaß bereite.«

Von vier mächtigen weißen Ochsen wurde ein Bauernkarren in die Arena gezogen, auf dem hoch aufgerichtet das Banner der Jungfrau Maria stand. Der heißbegehrte Palio. Auf dem Triumphwagen befanden sich Bläser, die auf hohen Trompeten einen Marsch schmetterten, vier alte Männer, die den früheren

Finanzrat Sienas symbolisierten, sowie ein kleiner Page, dessen Aufgabe darin bestand, während der ganzen Parade ein Glöckchen zu läuten. Sein heller Ton war besser zu vernehmen als die dumpfen Schläge der Glocke vom hohen Mangia-Turm, die sich mit dem Lärm der Menge vermischten.

Sobald der Palio sichtbar wurde, erhob sich wildes Geschrei auf dem Platz. Alle schwenkten ihre Halstücher, gleich welcher Contrada sie angehörten, um das Banner zu grüßen.

»Nun ist der Siedepunkt erreicht«, sagte Don Eberhardo, »gleich bricht der Vulkan aus.« Er zog einen Flachmann aus der Tasche, nahm einen Schluck. »Wollen Sie auch? Es ist bester Grappa. Ich lasse mir vor jedem Rennen das Fläschchen wieder auffüllen.« Dankbar nahm Katharina einen Schluck, denn auch sie wurde nun von der Aufregung erfasst. Alessandro sprang auf.

Ein Mann am Portal schwenkt ein weißes Fähnchen.

»*A cavallo*«, gibt der Startrichter sein erstes Kommando.

Böllerschüsse ertönen, als die Reiter durch das Tor einreiten.

Zwei Carabinieri geben jedem eine Reitpeitsche.

Während des Rennens tragen die *fantini* Metallhelme, um sich vor Schlägen auf den Kopf zu schützen.

Erst kurz zuvor ist per Los die Startordnung festgelegt worden.

Am vorderen Seil wird ein dicker Stein aufgehängt, um es in Spannung zu halten. Erst als alle Reiter auf der Bahn sind, wird das zweite Seil hinter ihnen gespannt.

Der Startrichter steht am Mikrofon und dirigiert die Reiter. Unablässig ruft er die Namen der Contraden, die noch nicht ihre richtige Position erreicht haben.

»*Vai, vai*«, ist aus der immer lauter werdenden Menge zu hören. Die Zuschauer verlangen danach, dass das Rennen endlich gestartet werde.

Votta-Votta tanzt aus der Reihe, Massimino hat die vierte Position erwischt. Kein schlechter Startplatz.

Der Lärm auf der Piazza schwillt noch weiter an.

»Sehen Sie nur hin, die Reiter versuchen immer noch, Absprachen zu treffen«, ruft Don Eberhardo Katharina zu, »da geht es jetzt um dicke Kohle.«

Der Startrichter ist verzweifelt, weil die Pferde wild durcheinandergehen. Ein guter Start ist wichtig, damit sich kein Pferd im Startseil verfängt und stolpert.

Katharina greift nach Alessandros Hand. Sie ist nassgeschwitzt.

Noch immer ist die richtige Reihenfolge nicht hergestellt.

Hilferufe, Schreie, wildes Toben.

Das Startseil fällt.

Die Pferde rasen los.

Nun gibt es kein Halten in der Menge mehr. Der Lärm wird ohrenbetäubend.

Schon beim ersten Durchgang stürzen vier Pferde in der San-Martino-Kurve. Das Pferd von Leocorno ist darunter.

»So ein Pech«, ruft Don Eberhardo und schlägt sich mit der Hand vor den Kopf.

Katharina kann der wilden Jagd kaum folgen. Sie sucht die rot-gelben Farben, vergebens.

»Wir liegen ganz gut«, sagt Alessandro, »an dritter Stelle.« Immer wieder schreit er den Namen des Pferdes. »Votta-Votta! Votta-Votta!«

Das Feld ist weit auseinandergezogen. Zwei Pferde sind bereits abgeschlagen, haben mit dem Ausgang des Rennens nichts mehr zu tun.

Kurz vor dem letzten Durchgang hat Votta-Votta die Führung vor Tartuca übernommen. Alessandro steigt auf den Klappstuhl, ein halsbrecherisches Manöver. Katharina ballt die Fäuste. Nun schreit auch sie. Die Sicht ist ihr für einen Moment verdeckt.

Ein Böllerschuss.

Das Rennen ist aus.

»Haben wir gewonnen?«, fragte Katharina mit lauter Stimme.

»Und ob«, schrie Alessandro, »hast du es nicht gesehen? Hast du es nicht gesehen? Wir haben gewonnen. *Abbiamo vinto*!«

Die Anhänger der Chiocciola stürmten über die Barrieren und umringten Votta-Votta, berührten das Pferd, wo immer sie es zu packen bekamen, küssten es, umarmten Massimino und hoben ihn auf ihre Schultern.

Katharina sah, wie ein anderer Jockey von aufgebrachten Anhängern verprügelt wurde. Sie hatten ihn zu Boden geworfen und traten auf ihn ein. Erst als die Polizisten endlich eingriffen, ließen sie von ihm ab. Mit blutendem Gesicht wurde er von der Rennbahn geführt.

»Komm, nun komm schon«, rief Alessandro, »wir ziehen mit ihnen.« Er half Katharina, über die

Balustrade zu steigen. Don Eberhardo schloss sich den beiden an, die Arm in Arm vor ihm liefen. Plötzlich hielt Alessandro inne, schwang Katharina in der Luft und küsste sie auf den Mund. »Wir haben gewonnen!«, rief er bei jeder Umdrehung aus.

Die *chiocciolini* versammelten sich vor der Richtertribüne und forderten den Palio. »*Daccelo*! *Daccelo*!«, schrien sie, »gib ihn uns!« Langsam wurde das Banner heruntergelassen und von den erregten Anhängern im Triumph davongetragen. Jeder wollte den Palio berühren. Katharina und Alessandro zogen mit ihnen zum Dom, wo zu Ehren der Jungfrau Maria ein »Te Deum« gesungen wurde. Selten hatte sie so viel Inbrunst gesehen, so viele Tränen, so viel Freude.

Eine dreiviertel Stunde später trafen sie Lucio in seinem Stadtteil wieder. Seine Augen glänzten wie im Fieber, die Kappe saß schief auf dem Kopf, der Knoten des Halstuchs baumelte auf seinem Rücken.

»Was für ein Sieg!«, rief er immer wieder aus. Er tanzte mit Alessandro auf der Straße, hüpfte dabei wie ein Strauß, zog Katharina zu sich heran. Lucio legte die Arme auf die Schultern seiner Freunde. Nun tanzten sie zu dritt. »Trinkt, trinkt mit mir auf den einzigartigen Sieg! Jetzt werden wir jedes Jahr siegen.«

Er führte die beiden zum Innenhof der Contrada. Ein kleiner, nackter Engel, der auf einer Schnecke ritt, zierte den Brunnen, aus dem jetzt Wein statt Wasser floss.

Lucio holte ihnen Pappbecher, machte sie bis zum Rand voll.

Sie prosteten sich zu.

»Es gibt kein Rennen auf der Welt, das sich mit unserem messen könnte.« Kurz darauf war Lucio wieder entschwunden, um mit anderen anzustoßen.

»Wenn er so weitermacht, wird er bald wie ein Brett zu Boden fallen«, sagte Alessandro, der die Trinkgewohnheiten seines Freundes gut kannte.

Don Eberhardo hatte sich zu ihnen gesellt. »Ich trinke jedes Jahr Wein aus dem Brunnen der Sieger-Contrada. Das gibt mir Gesundheit bis zum Palio im nächsten August.«

Überall ausgelassene Freude. Männer in mittelalterlichen Kostümen hängten Lichterketten auf, Frauen in Festtagskleidern stellten Tische und Stühle auf die Straße, die große Siegesfeier wurde vorbereitet. Dazwischen immer neue Schlachtgesänge, Parolen, Spottrufe. Ein alter Mann saß auf einem Holzstuhl vor Marcos Bar und kommentierte das Rennen. Nun schon zum fünften Mal. Zwei Kinder schlugen wild auf ihre Trommeln ein. Kleine Trüppchen zogen jubelnd durch die Straßen. Der Ehrenplatz für Votta-Votta wurde hinter dem Tisch aufgebaut, an dem der *capitano* und die anderen Mitglieder der Regierung sitzen sollten.

»Ich muss mich jetzt verabschieden«, sagte Don Eberhardo, nachdem auch er reichlich von dem Wein genossen hatte, »ich mache zum Schluss des Renntages gerne noch einen Spaziergang durch die Stadtteile, die heute Nacht im Dunkeln liegen. Man muss auch die schmerzvolle Stille der Verlierer kennenlernen.«

Es dämmerte schon, als Alessandro Katharina nach Poggiolo brachte. Die kleine Piazza wurde von den ersten Sonnenstrahlen beschienen.

Katharina schloss die Haustür auf und rief Alessandro zu: »Komm rein, oder willst du im Freien übernachten?«

Am Fuße der Treppe schloss sie ihn in die Arme und küsste ihn heftig.

»Nun feiern wir auf unsere Weise.« Katharina spürte, dass Alessandro alles ein wenig zu schnell ging, aber das sollte sie nicht hindern. Schon nach ihrer Geburtstagsfeier in Freiburg hätte sie gerne mit ihm geschlafen, aber Alessandro war sehr zurückhaltend gewesen, was sie auf den kleinen Schock zurückführte, den er am Morgen bekommen hatte.

Im Badezimmer zogen sie sich langsam gegenseitig aus. Katharina genoss seine sanften Berührungen, streichelte ihm zärtlich über Rücken und Po, streifte seinen Slip hinunter.

»Ach«, sagte Alessandro.

»Was ist?«

»*Ho pensato* …« Er stockte.

»Du dachtest, ich trage immer die Sexy-Dessous aus unserem Laden«, lachte Katharina und hakte ihren BH auf.

Sie führte ihn in die gläserne Dusche, drehte die Wasserhähne auf und schloss hinter ihnen die Türen.

Unter dem warmen Strahl der Dusche kamen sie zusammen.

»Wir haben gewonnen, *non è vero*?«, sagte Katharina lachend, während sie sich liebten.

»*Si, è vero !*«

13

Massa Marittima

Wie mit einem Lineal gezogen verlief die Zypressen-Allee, die hinauf nach Bolgheri führte. Zu beiden Seiten der Straße turmhohe, schwarzgrüne Wände, die kaum Licht hindurchließen, nur ein schmaler Streifen hellblauen Himmels war auszumachen.

»Ich hätte nicht gedacht, dass die Allee so lang ist«, sagte Alessandro. Er parkte den Wagen auf dem schmalen Seitenstreifen, um den überwältigenden Eindruck zu genießen.

»Wie ein Tor zu einer neuen Welt.« Katharina war froh, dass sie sich ein wenig die Beine vertreten konnte. So lange Autofahrten liebte sie nicht besonders.

Sie habe es ja gleich gewusst, hatte Billie zu ihr am Telefon gesagt, dieser Herr Bensi wird noch dein Liebhaber. Sie solle sich um den Laden keine Sorgen machen, hatte sie hinzugefügt. »Bis zum Beginn meines Urlaubs kannst du gerne bleiben. Aber dafür will ich nachher alles erzählt bekommen.« Katharina hatte versprochen, Billies Neugier zu befriedigen.

Alessandro hatte sie nach ihrer ersten Nacht ganz überraschend gefragt, ob sie mit ihm in die Maremma fahren wolle. In den südlichen Teil der Toskana, den er selbst nicht kannte. So könnten sie gemeinsam etwas Neues entdecken. »Aber nur wenn Billie einverstanden ist«, hatte Katharina nach kurzem Zögern gesagt. Sie wusste, dass ihre Freundin keine Einwände haben würde. Schließlich war wie jeden Sommer Flaute in ihrem Laden. Erotica und Liebesstimulanzien wurden eher gebraucht, wenn die kälteren Jahreszeiten anbrachen.

Die Grafen Gherardesca hatten die fünf Kilometer lange Zypressen-Allee anlegen lassen, um eine Verbindung zwischen ihrem Besitz in Bolgheri und der alten Aurelia-Straße zu schaffen.

»Du hast den Plan, mich hierher zu entführen, doch nicht heute Morgen gefasst, oder?«

»Nicht ganz«, erwiderte Alessandro mit einem Lächeln, »ich hatte natürlich gehofft, dass du mitkommst. Allein zu reisen macht mir keinen besonderen Spaß. Aber … das Gedicht von Carducci ist mir wirklich spontan eingefallen, als wir vorgestern durch die Crete fuhren.«

Er parkte den Wagen vor dem Stadttor von Bolgheri, direkt an einer hohen Hecke, in deren Mitte ein kreisrunder Verkehrsspiegel angebracht war. Alessandro fotografierte Katharina und sich in der verzerrten Reflexion. Zwei in die Länge gestreckte Figuren, wie die Skulpturen von Giacometti.

Hand in Hand schlenderten sie durch das kleine Städtchen, das sich in den letzten zweihundert Jahren kaum verändert hatte. Nur die grellen Reklameschilder deuteten auf die neuere Zeit hin.

Am Ende der kleinen Piazza sahen sie eine lebensgroße Terracotta-Statue. Eine alte Frau mit einem lustigen Gesicht saß gelassen auf einer Bank, ein Lächeln umspielte ihre Lippen. Das Haar war zu einem Dutt nach hinten gebunden, ein bäuerlicher Umhang lag auf ihren Schultern. »Der treuen Dienerin Nonna Lucia« stand auf dem Sockel. Es war ein Denkmal für das Kindermädchen von Giosuè Carducci, dem Nationaldichter, der in Bolgheri einen großen Teil seiner Kindheit verbracht hatte.

»Setz dich auf ihren Schoss«, sagte Alessandro, »ich möchte euch zusammen fotografieren. Wer hätte nicht gerne so ein freundliches Kindermädchen gehabt?«

Katharina nahm auf den einladenden Knien Platz und legte ihre Wange an den kalten Stein. Sie versuchte, das Lächeln der gütigen Nonna zu imitieren.

Lucio war ziemlich beleidigt gewesen, dass sein Freund Alessandro ihn so plötzlich verlassen wollte. »Nach diesem grandiosen Sieg möchte ich eine ganze Woche mit euch feiern«, hatte er verschlafen gesagt. »Nur weil eine Frau dir den Kopf verdreht hat, kannst du mich doch nicht einfach so im Stich lassen.« Lucio hatte im verschlissenen Bademantel in seinem Atelier gestanden und hastig eine Zigarette nach der anderen geraucht. »Wir wollen lieber für uns feiern«, war Alessandros Antwort gewesen, und dabei hatte er Katharina zu sich herangezogen. »Gut, dann überlasse ich euch das Bild, das Katharina so gut gefallen hat.« Lucio hatte das Porträt des rothaarigen Mädchens von der Wand genommen und es den beiden überreicht. »Es ist aber nur eine Leihgabe«, hatte er betont, »wenn ihr euch trennt, bekomme ich es wieder zurück.« Katharina war sich nicht sicher gewesen, ob sie dieses großzügige Geschenk annehmen konnte. Aber Lucio hatte darauf bestanden. »Obwohl ich lieber mit euch tagelang durch die Bars gezogen wäre.«

Der kleine Souvenirladen nahe der Statue bot ein Sammelsurium von Büchern und Ansichtskarten, Tongefäßen und Nippes aller Art. Alessandro fand ein Blatt Pergamentpapier, auf dem das Gedicht von Carducci abgedruckt war. Es umrahmte ein handkoloriertes Porträt des Dichters. Als Katharina sah, wie viele Strophen der Text hatte, meinte sie, das Gedicht sei ja noch länger als die Zypressen-Allee.

»Ich kann es ganz auswendig«, sagte die weißhaarige Ladenbesitzerin, deren Gesicht auf seltsame Weise der steinernen Nonna Lucia vor ihrer Tür ähnelte. Rina Giani trug in feierlichem Ton ein paar Strophen vor. Alessandro zog die Stirne kraus, so hatte er das Zypressen-Gedicht nicht in Erinnerung.

»Ist das auch von Carducci?«, wollte Katharina wissen, die keine Mühe gehabt hatte, die einfachen Verse auf Italienisch zu verstehen.

»Nein, das kleine Poem stammt von mir«, erwiderte die über 70-jährige. Und es klang überaus stolz. »Wenn Sie mehr von mir lesen wollen …« Geschwind nahm sie ein schmales Bändchen vom Bücherregal. *Oasi di Pace*, lautete der Titel, Oase des Friedens.

»Ich habe es auch auf Deutsch drucken lassen. Sie sind doch Deutsche, oder?«, fragte sie.

Katharina nickte. Sie nahm das Bändchen und blätterte darin. Neben Rinas Gedichten enthielt es einen Aufsatz über Carducci.

An den Wänden des Ladens hingen Bilder von ihm. Ein großes Foto zeigte Rina Giani mit einem Pokal in den Händen. Daneben Urkunden und Diplome hinter Glas.

»Ich habe schon viele Preise gewonnen. Medaillen und Pokale. Sogar aus Moskau habe ich eine Auszeichnung erhalten. Aber die habe ich mir nicht persönlich abgeholt, sondern mit der Post schicken lassen«, sagte Rina Giani.

Als Katharina den Gedichtband kaufen wollte, ließ es sich die Dichterin nicht nehmen, ihr eine Widmung ins Buch zu schreiben. »Für Katharina, mit der ich einen Teil des Namens gemeinsam habe, und deren Lächeln so sehr dem Lächeln einer Verliebten gleicht. Rina Giani.«

Die Fahrt nach Massa Marittima ging über Castagneto Carducci und Honoratico zum Weingut Cura Nova. »Schauen Sie sich mal diese Allee an«, hatte die Ladenbesitzerin zu ihnen gesagt, »obwohl ich hier wohne und natürlich unsere Zypressen über alle Maßen bewundere, dort werden Sie auch etwas Besonderes zu sehen bekommen.« Der Hof des mächtigen Gutshauses, das auf einer kleinen Anhöhe lag, war mit einer steinernen Balustrade gesäumt, von der man einen weiten Ausblick über das Tal hatte. Entlang zweier sich kreuzender Wege waren über viertausend Zypressen angepflanzt worden. Sie bildeten ein perfektes Doppelkreuz. »Mir gefällt diese Baumreihe noch besser als die in Bolgheri«, sagte Katharina. »Hast du schon früher von diesem schönen Fleckchen gehört?«

»Nein, noch nie«, antwortete Alessandro. »Aber so reise ich am liebsten. Einfach den Hinweisen von Menschen folgen, die mir begegnen.«

Die Piazza von Massa Marittima lag in gleißendem Sonnenlicht. Der erhabene Dom und die sich anschließenden Paläste rahmten den vieleckigen Platz ein. Die Lokalpatrioten hielten ihn sogar für eindrucksvoller als die Piazza del Campo in Siena. Wie die Theaterkulisse in einem mittelalterlichen Pilgerdrama.

Alle Straßencafés waren besetzt. Der Dom öffnete erst wieder gegen fünf Uhr.

»Ich könnte jetzt gut ein Schlückchen Wein gebrauchen«, sagte Alessandro, »und danach beginnen wir mit den Besichtigungen.«

In einer Seitenstraße fanden sie eine Enoteca, in deren Schaufenster eine altertümliche Destillieranlage für Grappa stand. Offene Weine der Region waren im Angebot.

Der schwergewichtige Besitzer wartete hinter der Ladentheke auf Kundschaft. Sein Schnurrbart war gezwirbelt, beide Ende zeigten senkrecht nach oben. Seine Augen lagen in tiefen Höhlen.

»Wir fangen am besten im Himmel an. Bei der Weinprobe sollte man keine Zeit mit schlechteren Tropfen vergeuden.« Aus dem Wasserbecken holte er drei Probiergläschen, prüfte sie im Schein der Kerze, zog eine Flasche Sassicaia aus einem hohen Weinregal hervor und schenkte ein.

»So einen Wein werden Sie noch nicht getrunken haben«, lobte er seine Auswahl.

Alessandro kannte die Sorte, es war ein reiner Cabernet-Wein in der höchsten Preislage. Diese Traube wurde in der Gegend erst seit dem Zweiten Weltkrieg ausgebaut, als der geliebte Bordeaux nicht mehr aus Frankreich importiert werden konnte.

Katharina war so begeistert von den ersten Schlucken, dass sie zu Alessandro sagte, von diesem Wein würde sie gerne ein paar Flaschen mit nach Hause nehmen.

»Wenn du bereit bist, einhundert bis dreihundert Euro pro Flasche zu zahlen, bitte sehr«, erwiderte Alessandro auf Deutsch.

»Aber das ist er auch wert«, betonte der Weinhändler, der offenbar den Einwand vorausgeahnt hatte.

Während sie Weine der Tenuta San Guido und vom Weingut Ornellaia probierten, erzählte der kauzige Besitzer von den großen Tagen Massa Metallorums, wie die Stadt früher hieß. Anfang des 14. Jahrhunderts hatte diese freie Republik schon mehr als zehntausend Einwohner, von denen die meisten Bergarbeiter waren. Pest und Malaria hätten die Einwohnerzahl derart dezimiert, dass zweihundert Jahre später die Stadt fast ausgestorben gewesen sei. Noch bis in die Mitte des 19. Jahrhunderts war Massa so gut wie unbewohnt. Deswegen habe sich auch der mittelalterliche Charakter so gut erhalten.

Als Alessandro die Rechnung beglichen hatte, sang ihnen der Wirt zum Abschied mit kratziger Stimme ein Trinklied vor.

Den ersten pur
den zweiten rein
den dritten ohne Wasser
den vierten nicht gemischt
den fünften wie den ersten
und den sechsten nur Wein.
Und dann geh nach Hause
und schlaf wie ein Schwein.

Alessandro und Katharina schwankten nicht unerheblich, als sie ins helle Sonnenlicht hinaustraten. »Verschieben wir die Besichtigung auf morgen früh«, schlug Alessandro vor.

Im Hotel »Il Sole«, das ihnen der Weinhändler empfohlen hatte, bekamen sie ein Zimmer. »Wie lange wollen Sie bleiben?«, fragte der Hotelbesitzer.

»Eigentlich wollten wir nach Castiglione della Pescáia ans Meer fahren, aber …«, weiter kam Alessandro nicht.

Der Mann lachte. »Wir sind im *ferragosto*, ganz Italien macht Ferien. Da wird nicht ein Bett zu haben sein. Aber ich will mal sehen, was ich für Sie tun kann.«

Er half ihnen, das Gepäck aufs Zimmer zu bringen. Das sorgfältig eingepackte Gemälde hatten sie auch aus dem Wagen genommen.

Die Fensterläden waren fest verschlossen, der Raum angenehm kühl.

»Ich sollte nicht so viel trinken«, sagte Katharina, bevor sie in den Armen Alessandros einnickte.

Als sie erwachten, war es draußen bereits dunkel. Sie gingen auf die Piazza Garibaldi, um ein paar Spaghetti zu essen. Der Platz hatte nun ein ganz anderes Flair. Kaum noch Touristen, nur ein paar Tische waren besetzt. Unter den Arkaden auf der anderen Seite saßen Männer bei einem Plausch. Im »Tre Archi« konnten sie noch etwas bestellen.

Katharina erzählte von der Arbeit in ihrem Laden und sprach über die verschiedenen Rollen, die Billie und sie zu spielen hatten. Eheberaterin, Seelsorgerin, Psychologin. »Manchmal kommen Kunden, die zum ersten Mal in ihrem Leben mit einer Fremden über Sex reden.« Katharina sprach liebevoll über ihre Kunden, sehr einfühlsam, ohne sich über sie lustig zu machen. »Sex ist immer noch das Tabuthema Nummer eins. Wenn es Probleme gibt, sind viele damit allein gelassen.« Katharina sprach vom Recht auf die eigene Lust. »Wir haben eine Kundin, die ist weit über siebzig. Die hat vor ein paar Jahren ihren Mann verloren. So alle sechs Wochen kommt sie bei uns vorbei und kauft sich ein neues Liebesspielzeug. Die Luscht is mir noch nit vergange, hat sie beim ersten Mal gesagt und Billie und mich dabei ganz keck angeschaut.« Während Katharina sprach, streichelte sie Alessandros Hand.

Sie saßen bis weit nach Mitternacht auf der Piazza. Das städtische Treiben war fast vollständig zum Erliegen gekommen. Nur ab und zu knatterte ein dreirädriger Wagen vorbei. Alessandro erzählte davon, wie schwer es für ihn gewesen sei, den plötzlichen Tod seiner Frau zu verkraften. Sie hätten auf der Autobahn nach Hamburg einen Unfall gehabt. Ein Laster habe sie von der Fahrbahn gedrängt. Seine Frau sei vor seinen

Augen verblutet, er habe ihr nicht helfen können, was das Schlimmste für ihn gewesen sei. Er selbst habe nur ein paar Schnittwunden davongetragen. »Danach konnte ich meinen Beruf kaum noch ausüben. Es war mir unmöglich, einen toten Körper anzuschauen, weil ich immer nur meine Frau gesehen habe.« Zwei Jahre habe er sich noch gequält und dann seinem Sohn das Beerdigungsunternehmen übertragen.

»Du weißt gar nicht, wieviel es für mich bedeutet, dass ich dich getroffen habe.« Alessandro konnte seine Tränen nicht zurückhalten.

»Wer kann schon ahnen, was die Gefühle des einen für den anderen wirklich bedeuten?«, sagte Katharina leise. Sie beugte sich zu Alessandro hinüber und küsste die Tränen von seinem Gesicht.

Am nächsten Morgen wachte Katharina gegen acht Uhr auf. Sie sah, dass Alessandro noch tief und fest schlief. Leise ging sie ins Bad, duschte und zog sich an. Ihr war es gar nicht unrecht, ein wenig für sich zu sein.

»Sie haben wirklich Glück, Frau Bensi«, sagte der Hotelbesitzer, »ich habe für Sie in Castiglione im Hotel Miramare ein Zimmer ergattern können. Ich habe früher dort mal gearbeitet. Alte Beziehungen können nie schaden.«

Katharina bedankte sich, ein wenig verdutzt. Sollte der freundliche Hoteldirektor doch glauben, sie sei mit Alessandro verheiratet. Was machte das für einen Unterschied.

Auf dem Frühstückstisch fand sie eine Kamelie, an der ein kleines Zettelchen hing. *Carissima Caterina* war darauf zu lesen.

Das fängt ja gut an, dachte sie. Was für eine poetische Geste!

Als sie Alessandro vor ein paar Monaten in Montecatini zum ersten Mal begegnet war, wäre sie niemals auf die Idee gekommen, sich in ihn zu verlieben. Damals hatte sie geglaubt, er würde viel besser zu Billie passen. Aber ihre Freundin hatte recht behalten. Wie konnte ich nur so blind sein, nicht zu merken, dass Alessandro mich gemeint hatte.

Eine dreiviertel Stunde später betrat er den Frühstücksraum.

»*Per me solo un caffè*«, murmelte er verschlafen.

Katharina umarmte ihn und zeigte auf die Kamelie in der kleinen Vase. »Wie schön von dir! Vielen Dank!«

Nun war Alessandro irritiert, aber er ließ sich nichts anmerken.

»Wir kommen heute noch ans Wasser und haben ein Zimmer mit Meerblick«, sagte Katharina. Sie schenkte Alessandro Kaffee ein. »Sogar für drei Nächte! Es ist kurzfristig frei geworden.«

Alessandro schüttete vier Löffel Zucker in die Tasse und rührte langsam um.

»Da kannst du sehen, wohin es führt, so viel zu trinken. Es bringt offenbar Glück. Wären wir gestern in Castiglione angekommen …«

Er setzte die Tasse an, nahm einen Schluck und atmete tief aus. »So, jetzt geht es mir gleich schon viel besser. Ein Italiener ohne Morgenkaffee ist unerträglich.«

Als sie das Frühstück beendet hatten, nahm Katherina die Kamelie an sich. »Die soll uns auf unserer Reise begleiten.«

»Willst du den Tischschmuck einfach mitnehmen?«, fragte Alessandro. Jetzt erst sah er den Zettel mit der Aufschrift.

Dieser Hotelbesitzer ist wirklich aufmerksam, dachte er.

14

Castiglione della Pescáia

»Wenn Kinder reisen, lacht der Himmel. Heißt es nicht so?«, fragte Alessandro, als er den Blick über den langgestreckten Sandstrand schweifen ließ.

»Engel«, verbesserte ihn Katharina, »wenn Engel reisen.«

Vom obersten Stock des Hotels konnten sie die ganze Bucht überblicken, von der Hafeneinfahrt bis zum Castello von La Rochette. Das Eckzimmer besaß einen kleinen Balkon mit Tisch und Stühlen. Vor dem Hotel führte eine Promenade entlang. Die vielbefahrene Straße lag auf der Rückseite des Miramare.

Katharina hatte es sich nicht nehmen lassen, den freundlichen Hotelbesitzer in Massa Marittima anzurufen, um ihm nochmals für die Reservierung zu danken. »So was macht man viel zu selten!«

Auf der Fahrt nach Castiglione della Pescáia hatten sie zu spüren bekommen, was der Ferien-August, *ferragosto*, in Italien bedeutete. Die Straßen waren überfüllt, Staus und lange Warteschlangen. Alle drängten zur Küste, obwohl es mitten in der Woche war. Am Strand waren alle Liegestühle belegt, für die Sonnenhungrigen ging es um jeden Zentimeter.

Das späte Mittagessen nahmen Katharina und Alessandro auf der Hotelterrasse an der Promenade ein. Vom Meer wehte eine warme Brise herüber.

»Von so einem Platz habe ich immer geträumt. Der würde Billie auch gefallen«, sagte Katharina. Sie liebte es, den Spaziergängern zuzuschauen, die an ihnen vorbeigingen. Kichernde Mädchen, ein Mann mit einem Mops, schlurfende Jugendliche, eine Frau unter einem grünen Sonnenschirm, gestikulierende Grüppchen, schwitzende Jogger. Dazwischen Kinder auf Inlineskates.

Der Kellner des italienischen Familienhotels brachte ihnen die in Leder gebundenen Speisekarten und machte eine Verbeugung. Er heiße Giorgio und wünsche einen guten Appetit.

»In der nächsten Saison ich gehe nach Frankfurt, aber mein Deutsch ist noch *molto male*. Ich müssen viel üben. Es handelt sich um ein Vier-Sterne-*Albergo*, da müsse ich perfekt sein.«

Katharina und Alessandro bestellten unterschiedliche Gerichte, damit sie von mehreren Köstlichkeiten probieren konnten. Zum Wein solle es diesmal auch eine Flasche Wasser geben, meinte Katharina. Alessandro nahm allerdings nicht einen Schluck davon.

»Als ich vor viele Jahre das erste Mal in Deutschland arbeite, wollte ich wissen, wie man *molto grazie signore* auf Deutsch sagt, und jemand erzählte mir, das ist: Haue ab, du Blödmann. So hab' ich immer, wenn ich mich danken wollte, gesagt: Haue ab, du Blödmann. Einmal habe ich deswegen Schlägerei bekommen.«

Der Kellner stellte Teller mit etwas Leberpastete auf einem Mini-Toast, umrahmt von zwei Möhrenstreifchen, vor ihnen auf den Tisch. Giorgio sagte dazu: »Die Antipasti, *prego*.« Das eine sei Risotto con la Zucca und das andere Gericht der gewünschte Insalata Mare. Katharina betrachtete die Speisen argwöhnisch und schaute zu Alessandro hinüber.

»Nein, nein«, beruhigte sie Giorgio, »war nur Scherze. Das ist eine kleine Vorspeise von unsere Küche, Crostini con fegato.«

Er ließ sich den Namen des Gaumenkitzlers auf Deutsch sagen.

»*Come si dice in tedesco*«, begannen fast alle seine Sätze, nachdem er erfahren hatte, dass Katharina aus Deutschland kam.

Das Risotto con la zucca schmeckte ihr so gut, dass sie sich von Giorgio das Rezept geben ließ.

»Hast du mal herausgefunden, warum die Kellner, wenn sie Wein einschenken, immer die linke Hand auf den Rücken legen?«, fragte Alessandro. »Was wollen wir wetten, dass auch Giorgio nicht weiß, warum er das macht?«

»Um das Gleichgewicht zu halten«, antwortete Katharina. »Damit sie beim Einschenken nicht vornüberfallen. Ich habe schon ziemlich betrunkene Kellner erlebt.«

Als Giorgio die *secondi piatti* auftrug, fragte ihn Alessandro.

»Das habe ich so auf der Hotelfachschule gelernte, das machen die alle so. Den Oberkörper leichte Vorbeugen, mit Winkel im Arm die Weinflasche halten, die linke Hand kurz über dem ... *Come si dice in tedesco*?«

»Über dem Hintern«, warf Katharina ein.

»Über dem Hintern? *Signora*, heißt das wirklich so?«

Nach dem Essen zogen sie sich zu einem ausgedehnten *sonnelino* zurück. Am Strand war es viel zu heiß. Hatten die Sonnenanbeter noch nie etwas von Hautkrebs gehört, oder gab es den nur im fernen Australien?

Durch die geschlossenen Fensterläden war das Geräusch der stetig einlaufenden Wellen zu hören. Wie sie sich auftürmten, dann heftig überschlugen und zum Schluss sanft auf dem Strand ausliefen. Was für eine anregende Musik.

»Eine Vögelei in Ehren kann niemand verwehren«, sagte Katharina, nachdem sie sich genüsslich geliebt hatten. »Soll ich Giorgio diesen Satz auch noch beibringen?«

»Auf jeden Fall«, erwiderte Alessandro, »den kann er gut gebrauchen, wenn sich eine feine Dame demnächst in Frankfurt bei ihm über das Essen beschweren will.«

Der Strand von La Rochette war ihnen vom Hotelmanager empfohlen worden, nur wenige Kilometer von Castiglione della Pescáia entfernt. Er sei bestimmt nicht so überfüllt wie die Stadtbucht.

Nach einigem Suchen fanden sie einen Parkplatz im Pinienwald, der sich vor dem langen Sandstrand erstreckte. Am Felsen, auf dem sich das Castello befand, gab es zwei Strandlokale. »Das Schloss gehört einer Frau aus Palermo, die nur im August hier wohnt. Den Rest des Jahres steht es leer«, erfuhren sie von dem Barmann. »Schade«, sagte Katharina, »wenn das ein Hotel wäre, dann würde ich gerne dort übernachten.«

Die Nachmittagshitze war gebrochen, obwohl die Sonne noch hoch über der Burg stand. Im Wasser tummelten sich Kinder und Hunde, nur wenige Schwimmer kraulten ins offene Meer hinaus.

»Ich werde mir morgen einen Bikini kaufen müssen. Hättest du nicht schon eher sagen können, dass du vorhattest, mich ans Meer zu entführen?«

Alessandro antwortete, er sei sich nicht sicher gewesen, ob sie dann überhaupt nach Italien gekommen wäre.

Nach einem langen Strandspaziergang bummelten Katharina und Alessandro gegen Abend durch das Fischerstädtchen und stiegen auf die mächtige Burg, die über Castiglione zu schweben schien, um die Aussicht über den Hafen zu genießen. In den schmalen Gassen der Altstadt, die steil hinaufführten, verhallte der Lärm schnell. Was für ein Kontrast zu dem Treiben in der Unterstadt mit ihren Geschäften und Straßenlokalen.

Lucio hatte recht gehabt, Castiglione della Pescáia blieb auch in der Hochsaison ein liebenswerter Ort. »Aber wenn ihr schon in die Maremma fahren wollt«, hatte Lucio ihnen gesagt, »dann müsst ihr unbedingt in den *Giardino dei Tarrochi* von Niki de Saint Phalle.« Katharina hatte den Film von Peter Schamoni über diese außergewöhnliche Künstlerin und ihren phantastischen Garten gesehen. Sie war sofort von der Idee begeistert gewesen. Alessandro hatte von dem Park, der in der Nähe von Capalbio lag, noch nie gehört.

In der Fußgängerzone drängelten sich die Urlauber, von denen die meisten Italiener waren. Großes Familientreffen, Eis schlecken, Sonnenbräune vergleichen.

Handys klingelten, *sono io*, *mamma*, düdelten, *si*, *si*, *sono qui*, melodierten, *tutto bene*, tremolierten, *abbiamo mangiato male*, *mamma*, piepten, *si*, *si tutt'a posto*.

»Es gibt für fünfzehn Euro schon Handy-Attrappen auf den Märkten zu kaufen. Mit denen kann man für sehr viel weniger Geld auch ganz gut angeben«, sagte Alessandro.

In der Bar »Dolce Sosta« nahm Katharina einen Cappuccino, während er einen Brandy bestellte.

Sie schlenderten zum Hafen hinunter. Die Fischstände waren immer noch geöffnet, obwohl es bereits kurz vor zehn war. Doraden und Zahnbrassen, Tintenfische und Langusten, Krebse und Schwertfisch. Der Tagesfang lag säuberlich geordnet auf gehacktem Eis.

»Von hier bis zu unserem Hotel sind es nur dreihundert Meter«, sagte Alessandro, »und auf diesem kurzen Stück wird ein Kilo Fisch um dreißig Euro teurer.« Beim Mittagessen hatte er Giorgio gefragt, ob es denn Gäste gebe, die bei den hohen Preisen Fischgerichte bestellten. 50 Euro für ein Kilo Fisch sei nun wirklich überteuert. »Aber die Küche muss ihn ja noch zubereiten«, hatte Giorgio den Preis verteidigt.

Sie gingen bis ans Ende der Mole und setzten sich unter eine schmiedeeiserne Laterne auf eine Bank. Der Leuchtturm blinkte sein Rot-Grün in beruhigender Regelmäßigkeit, die Wellen schwappten an die Kaimauer. Ein Fischerboot tuckerte in den Hafen.

»Kneif mich mal«, bat Alessandro, »ich glaube, ich träume.«

Katharina küsste ihn auf die Augen.

»Damit du noch besser träumen kannst.«

Castiglione della Pescáia funkelte wie ein Diamant, die Lichter der Stadt verschwammen in der aufsteigenden Wärme der Nacht.

»Hier könnte ich für immer sitzen«, sagte Katharina und lehnte sich an Alessandros Schulter.

»Da kenne ich noch ein paar schönere Plätze«, erwiderte er leise.

»Aber jetzt sitze ich hier, und mehr will ich im Augenblick auch nicht.«

Ein Mädchen im weißen Trainingsanzug hüpfte die Mole entlang. Immer vier Schritt nach vorne und dann einen zurück. In der ausgestreckten Hand hielt es einen Stein.

»*Per Lei*«, sagte das kleine Mädchen und legte den Stein in Katharinas Hand.

»Wieso, wer bist …« Weiter kam sie nicht, denn das Mädchen war schon davongerannt. Die hellen Turnschuhe hatten orangefarbene Leuchtstreifen an den Seiten.

Im Licht der Gaslaterne betrachtete Katharina den Stein. Er war wie ein Taubenei geformt, schwarz auf der linken, weiß auf der rechten Seite. Speckstein?

Marmor? So schnell ließ sich das nicht entscheiden. Wie kam das Mädchen dazu, ihr einen Stein in die Hand zu drücken?

»Was ist das?«, fragte Alessandro, der gar nicht mitbekommen hatte, dass Katharina ein Geschenk gemacht worden war.

Sie überlegte kurz, ob sie dem Mädchen nicht hinterherlaufen solle, um sich zu bedanken.

»Das ist die Art Steine, die ich besonders liebe. Ich habe zu Hause eine ganze Sammlung davon«, sagte sie zu Alessandro. »Fass ihn mal an, er liegt gut in der Hand.«

So einen Stein fand man selten. Auf jeden Fall hatte sie beim Spaziergang am Strand keinen entdeckt. Und sie hatte ein Auge dafür. Schwarzweiße Steine, Freud-Leid-Steine, wie Katharina sie nannte, hatte sie sich von vielen Reisen mitgebracht. Wie man sie auch drehte, immer war Licht im Dunkel zu erkennen. Ab und zu hatte sie einer Freundin einen solchen Stein geschenkt, zum Trost in einer schwierigen Situation.

»Solche Steine magst du also?«, fragte er. »Was für ein eigenartiger Zufall.«

Sie nahmen das Geschenk als gutes Omen für ihre Reise. Auf dem Weg ins Hotel zählten sie die Schritte. Bei jedem zehnten Schritt wechselte der Stein den Besitzer.

»Mal sehen, wer ihn behalten darf, wenn wir an der Zimmertür ankommen«, sagte Alessandro.

»Ich habe ihn geschenkt bekommen, aber er gehört uns beiden.«

Am nächsten Morgen überreichte der Hotelmanager Katharina einen Briefumschlag, auf der ihr Vorname stand.

»Müssen wir abreisen?«, fragte sie. »Brauchen Sie unser Zimmer nun doch?«

»Nein, nein. Der Brief lag in Ihrem Fach. Sie heißen doch Katharina, oder?«

Sie bedankte sich und steckte den Umschlag ein.

Erst auf der Terrasse zog sie ihn wieder hervor, riss

ihn auf und las die Zeilen, die auf einem weißen Blatt geschrieben waren.

Tra voi saprò dividere
Il tempo mio giocondo;
Tutto è follia nel mondo
Ciò che non è piacer.

Es fiel ihr nicht leicht, den Text zu übersetzen, obwohl sie fast alle Worte kannte. »Fröhlich weiß ich meine Zeit mit euch zu verbringen, die Welt ist verrückt«, so weit hatte sie das Gedicht verstanden, aber die letzte Zeile schien ihr keinen Sinn zu machen. Sie spürte, wie eine seltsame Aufregung sie erfasste. Katharina ging zurück an die Rezeption.

»Wer hat das für mich abgegeben?«, fragte sie den Hotelmanager.

»Der Umschlag lag auf dem Tresen, als ich heute Morgen gegen sieben an die Rezeption kam«, antwortete der grauhaarige Mann. »Ist es etwas Ernstes?«

»Ja, nein.« Katharina zuckte zusammen. »Aber jemand muss doch gesehen haben, wie dieser Brief für mich abgegeben wurde?«

»Der Nachtportier war bestimmt da!«, erhielt sie zur Antwort. »Ich kann ihn heute Nachmittag anrufen. Das lässt sich gewiss klären. Aber ich möchte ihn jetzt nicht wecken müssen, wenn es nicht ganz dringend ist.«

Der Hotelmanager streckte die Hand aus, um nach dem Umschlag zu greifen. Katharina schüttelte den Kopf.

»Ist Giorgio schon im Dienst?«, fragte sie.

»Ja, er bedient im Frühstücksraum.«

Eilig verließ Katharina die Rezeption, ohne sich noch einmal an den Hotelmanager zu wenden.

»Giorgio?«, rief sie. Bisher waren keine Gäste zum Frühstück erschienen.

Der Kellner kam rückwärts durch die Drehtür aus der Küche. Er trug ein Tablett voller Gläser, die leicht aneinanderstießen. Es gab ein helles, sirrendes Geräusch.

Hastig knöpfte er sich das Hemd zu. »Sie sind eine frühe Frau, sagt man so?«

Katharina hielt ihm das Blatt hin. »Übersetz das mal ins Deutsche.«

Giorgio stellte das Tablett ab, betrachtete den Text.

»Das kann ich nichte gut«, wehrte er ab. Katharina sah, wie sich sein Kopf leicht rötete.

»Hast du das geschrieben und in mein Fach gelegt?«

»Nein, nein, ich kenne das nichte.«

»Giorgio, bitte, ich möchte solche Zeilen nicht geschickt bekommen. Hast du das verstanden?«

»*Ma io … non ho fatto … niente*«, der Kellner, der sich stets darum bemühte, die Konversation auf Deutsch zu führen, verfiel stotternd in seine eigene Sprache.

Gemeinsam übersetzten sie das Gedicht, das in veraltetem Italienisch abgefasst war.

Unter euch weiß ich zu teilen
meine fröhliche Zeit;
Verrücktheit ist alles auf der Welt
was nicht Vergnügen ist.

Katharina spürte, dass Giorgio diesen Text zum ersten Mal in Händen hielt. Niemand konnte sich derart verstellen.

»Bringst du mir einen doppelten Espresso?«, bat sie den Kellner. »Den könnte ich jetzt gebrauchen.«

Während sie auf den Kaffee wartete, wuchs ihre Anspannung. Was spielte Alessandro für ein Spiel mit ihr? Erst die Kamelie mit ihrem Namen in Massa, die er verleugnet hatte, dann diese Zeilen, die ihr irgendwie bekannt vorkamen. Es war ganz einfach, derartige Liebesbezeugungen, ohne dass sie davon etwas mitbekam, an die Rezeption zu schmuggeln. Katharina ließ den Briefumschlag mit dem kleinen Vers in ihrer Hosentasche verschwinden.

Ihre Hand zitterte leicht, als sie den Espresso trank.

»Wollen Sie noch warten mit Frühestück?«, fragte Giorgio. Inzwischen hatte er seine weiße Fliege umgebunden.

»Ich komme gleich«, erwiderte Katharina.

Sie trat auf die Hotelterrasse, die im Schatten lag. Als würde der Strom der Spaziergänger niemals abreißen, herrschte auf der Promenade schon um diese frühe Uhrzeit Betrieb.

Nach einer Weile ging sie in den Frühstücksraum, um sich am Büfett einen Orangensaft, Brötchen und Schinken zu holen. Von den süßen Stückchen, die jeden Morgen frisch gebacken wurden, nahm sie ebenfalls. Schlank bleiben konnte man auch daheim.

15

Parco Naturale della Maremma

»Und wie sehe ich heute Morgen aus?«, fragte Alessandro, der nur wenige Minuten später zum Frühstück erschienen war. »Ich habe so gut geschlafen wie schon lange nicht mehr.«

Katharina ließ sich nichts anmerken. Sie wollte darauf achten, ob Alessandro sich selbst verriet.

»Hast du was Schönes geträumt?«, fragte er. Giorgio brachte den Kaffee, und Alessandro begann, vier Löffel Zucker hineinzurühren. Wie jeden Morgen.

»Ja«, begann Katharina zögerlich, »ich hab' von einer Frau geträumt. So einer großen Schwarzhaarigen. Die sitzt Abend für Abend am Meer und wartet darauf, dass ihr Mann mit dem Boot zurückkehrt.« Katharina machte eine Pause, bevor sie weitersprach. Blickte neugierig zu Alessandro hinüber. »Plötzlich setzt ein heftiger Regenschauer ein. Sie wird bis auf die Haut durchnässt, steht auf und will nach Hause laufen. Da tritt ein Mann an sie heran, den sie noch nie gesehen hat. Er spricht sie mit ihrem Namen an, als würde er sie schon lange kennen. Und tatsächlich vernimmt sie die Stimme ihres so lange ersehnten Mannes. Es ist nur alles sehr merkwürdig, weil er so völlig verändert aussieht ...«

»Wie der junge Prinz aus dem Märchen?«, unterbrach Alessandro sie und begann zu lachen.

»So in etwa.«

Alessandro langte über den Tisch, um sich das Körbchen mit süßem Gebäck heranzuziehen.

»Das hast du nicht geträumt, oder? Das hast du gerade erfunden.«

Katharina nickte, ein wenig verlegen.

»Geht deine Geschichte noch weiter?«, fragte er, während er ein Brioche in den Kaffee stippte.

»Ich könnte ihr noch ein böses Ende andichten, wenn du möchtest.«

»Lieber nicht«, erwiderte Alessandro. Immer wieder tunkte er das Gebäck ein und suckelte den Kaffee heraus. »Es gibt bei uns ein Märchen über den schönsten Traum. Willst du es hören?«

»Gerne«, sagte Katharina.

»Drei Freunde sind in einem Gasthof eingekehrt. Kurz vor dem Zubettgehen sagt ihnen der Wirt, dass er zum Frühstück nur noch ein Eckchen Brot, ein Stückchen Mortadella und ein Schlückchen Wein habe. Das werde wohl nur für einen von den dreien reichen.

Die Freunde sind ihm deswegen nicht gram, sondern beschließen eine Wette: Wer am nächsten Morgen den schönsten oder den schlimmsten Traum erzählen könne, der möge das Frühstück ganz für sich alleine haben. Der Wirt solle ihr Schiedsrichter sein.

Kurz vor Morgengrauen wacht einer von den dreien

auf, geht in die Küche und verspeist genüsslich den geringen Vorrat, sogar den Wein trinkt er aus.

Als die drei eine Stunde später in die Wirtsstube kommen, beginnt der erste zu erzählen: ›Ich habe geträumt, ich bin im Paradies. Was für eine Freude, welche Wonnen. Kann es einen schöneren Traum geben?‹

Da setzt der zweite ein: ›Was ist der Himmel gegen die Schrecken der Hölle? Ich träumte vom Inferno, wo die Verdammten entsetzlich heulen. Ich habe so gräuliche Qualen gesehen, dass meine Lippen taub werden, wenn ich davon erzählen wollte. Gibt es einen schlimmeren Traum?‹

Der Wirt reibt sich die Hände und sieht den dritten an: ›Du wirst es jetzt nicht leicht haben.‹

Aber dieser spricht ganz ohne Erregung: ›Ich habe geträumt, dass ihr beide gestorben seid. Du kamst in den Himmel und du, mein Freund, leider in die Hölle. Nun weiß ja jeder, dass noch nie jemand vom Jenseits zurückgekehrt ist. Also ging ich hinunter und aß mein Frühstück. Ihr zwei konntet es ja nicht mehr brauchen.‹

Der Wirt erklärt den dritten zum Sieger des Wettstreits, und die anderen müssen mit knurrendem Magen weiterziehen.«

Giorgio kam an ihren Tisch, um Kaffee nachzuschenken. Er beugte sich zu Katharina hinunter, als wolle er sie etwas fragen. Sie legte den rechten Zeigefinger auf die Lippen.

»Habt ihr Geheimnisse vor mir?«, wollte Alessandro wissen.

»Nein, nein«, sagten beide fast gleichzeitig, nur um wenige Sekunden versetzt.

Nach dem Frühstück kaufte sich Katharina einen Bikini, weil sie zum Baden an den Strand von Marina di Alberese fahren wollten. »Du hast deine Badehose ja schon vorsorglich eingepackt«, neckte sie Alessandro. Er ging derweil in einen Weinladen, um für den Abend zwei Flaschen Rotwein zu erstehen. »Aber nicht zu viele verschiedene Sorten probieren! Wir haben heute noch einiges vor.«

Die Fahrt nach Alberese dauerte fast eine Stunde. In dem kleinen Ort am Rande des Nationalparks befand sich das Besucherzentrum. Sie hielten an, um ein Zufahrtsticket zu kaufen, denn auch der Strand stand unter Naturschutz.

»Ein bezahlter Badespaß am Meer, so was grenzt in Italien an ein Wunder«, sagte Alessandro. »Wahrscheinlich werden wir den Strand ganz für uns haben.«

Es gab verschiedene geführte Wandertouren durch den *Parco Naturale della Maremma*.

»Drei Stunden für ganze fünf Kilometer«, las Katharina, »da muss man sich aber mächtig anstrengen.« Sie entschieden sich, nach dem Baden die Wanderung zu den Wachttürmen mitzumachen.

Katharina und Alessandro hatten sich von diesem Strand nicht zu viel versprochen. Für 10 Euro Eintritt gelangten sie an die Marina di Alberese, die sich kilometerlang erstreckte. Hellweißer Sand, türkisblaues Wasser. Zwar standen einige Autos in den schattigen Parkbuchten, aber am Strand tummelten sich nur wenige Urlauber.

»Wie ging noch dieser erste Traum in deiner Geschichte heute Morgen, Alessandro? Muss man wirklich erst sterben, um in ein solches Paradies zu gelangen?«

Am Strand standen abenteuerliche Konstruktionen aus abgestorbenen, von Salzwasser und Sonne ausgebleichten Ästen und Zweigen. Die Badegäste hatten ihrer Phantasie freien Lauf gelassen, um aus Baumstämmen und Strandgut Hütten zu bauen. Mit ein paar Handtüchern, die sie über die Holzgerüste legten, entstanden daraus schattige Liegeplätze.

Katharina zog sich um und lief ins Wasser. Mein Gott, wenn sie Billie davon erzählen würde, die setzte sich bestimmt in den nächsten Zug, um hierher zu fahren. Katharina schwamm weit hinaus, bis das Wasser saphirblau wurde. Ihr Blick ging über die ganze Bucht. Der strahlend weiße Strand, wie ein aufgenähtes Band zwischen blauer und grüner Seide. Der Pinienwald schimmerte im Sonnenlicht.

Alessandro war kein besonders guter Schwimmer, eigentlich war er mehr ein Paddler, der bis zur Hüfte im Wasser stand, ab und zu untertauchte, um dann ein paar Stöße zu schwimmen. Dann stand er wieder eine ganze Weile mit verschränkten Armen im Wasser und bespritzte seinen Oberkörper.

Für diese Bucht hätte ich mir keinen Bikini kaufen müssen, dachte Katharina, als sie sich wieder dem Strand näherte. Sie liebte es, nackt zu schwimmen.

Inzwischen hatte Alessandro die hölzerne Behausung so mit ihren Handtüchern und Kleidungsstücken behängt, dass niemand sie beobachten konnte.

Katharina zog das nasse Badezeug aus und kroch zu ihm in die Hütte.

»Eine Vögelei in Ehren ... wie ging der Satz noch weiter?«, fragte Alessandro.

»Das weißt du ganz genau«, erwiderte Katharina und setzte sich auf seinen Schoss. Sie musste aufpassen, dass sie nicht mit dem Kopf gegen das Holz stieß, sonst wäre die labile Konstruktion zusammengebrochen.

Es wurde eine eher sandige Angelegenheit, aber der paradiesische Ort hatte eine einschmeichelnde Erotik. Sie konnten die Wellen hören und sich in ihrem Takt wiegen.

»*Hai un fiammifero?*«, rief eine männliche Stimme. Jemand, der ein Streichholz suchte, musste sich direkt vor ihrer Hütte befinden.

Katharina erschrak, hielt in ihrer Bewegung inne.

»*No, no, no, noi siamo non-fumatori!*«, keuchte Alessandro.

Gegen fünf trafen sie wieder am Besucherzentrum ein, wo schon viele Spaziergänger darauf warteten, dass die Türme-Tour begann. Einige waren mit Stöcken und Wanderschuhen ausgerüstet. Auf dem Monti dell' Uccellina, wie der mit dichter Macchia bedeckte Höhenzug genannt wurde, befanden sich ein halbes Dutzend Wachttürme, die im Kampf gegen die Sarazenen gebaut worden waren. Ein ausgeklügeltes Meldesystem mit Ruf- und Rauchzeichen, das Gefahr im Verzug ankündigen sollte. »Das hätten wir vorhin gut brauchen können«, sagte Alessandro beim Einstieg in den Bus.

Auf der Fahrt zum Ausgangspunkt der Wanderung sahen sie ein Rudel der wilden Maremma-Pferde, die auch beim Palio begehrt waren.

Der Wanderführer erklärte die vor Jahrhunderten begonnene Urbarmachung der Naturlandschaft. »Das alles, was Sie dort unten sehen, war Malariagebiet, die große Plage der Maremma. Eigentlich war die ganze Gegend unbewohnbar. Die Menschen, die dort arbeiteten, wurden krank und starben früh. Schon im 15. Jahrhundert hatte man mit einer zweihundert Kilometer langen Mauer versucht, die Malaria einzudämmen. Es gab nur eine Möglichkeit, das Land musste trockengelegt werden. Mitte des 19. Jahrhunderts haben lothringische Herzoge mit diesem Projekt begonnen. Der dichte Pinienwald unter uns ist auf dem sumpfigen Gelände angepflanzt worden.«

Vom Torre Collelungo konnte man weit über die hohen Pinien sehen. Kanäle, die rechteckig aufeinanderstießen, durchzogen das ganze Gebiet. Im Hintergrund die Mündung des Ombrone.

Von den Türmen ging es immer wieder steil hinab. Manche der ungeübten Wanderer brauchten lange, um diese Abstiege zu bewältigen. Die ausführlichen Erklärungen des Wanderführers taten ihr Übriges.

»Kein Wunder, dass man für fünf Kilometer drei Stunden braucht«, sagte Alessandro. Am Schluss der Wanderung erreichten sie den Strand und wanderten eine Zeitlang am Meer, um den Sonnenuntergang zu genießen.

»Dahinten liegt irgendwo unser sandiges Paradies.«

Katharina streichelte sanft über Alessandros Nacken und küsste ihn auf die Stirn.

Bis weit nach Mitternacht saßen sie auf ihrem Balkon im Hotel Miramare und leerten die beiden Flaschen Tignanello, über deren Preis Alessandro sich beharrlich ausschwieg.

»Zu dumm, ich hab' das Autoradio nicht rausgenommen«, sagte er und lallte ein wenig dabei.

»Das wird bestimmt nicht nötig sein«, rief Katharina aus dem Bad. »Hier passiert doch nichts!«

»Und was ist in Montecatini alles nicht passiert!«, konterte Alessandro. Er zog sich wieder an und verließ das Zimmer.

Da vor dem Hotel kein Parkplatz frei gewesen war, hatte er den Wagen um die Ecke, in der Via Bellini, abgestellt.

Er öffnete die Fahrertür und holte das Autoradio mit routiniertem Griff heraus. Schon zweimal hatte er das Nachsehen gehabt. Die Reparatur der eingeschlagenen Scheibe war jedes Mal teurer gewesen als die Wiederbeschaffung des Radios.

Hinter der Windschutzscheibe klemmte ein farbiges Papier. Alessandro erblickte es, kurz nachdem er die Tür verschlossen hatte.

Wenigstens war es keine Anzeige der Polizei. Eine Kunstpostkarte mit einer Blume. Welches Restaurant in Castiglione machte damit Werbung? Alessandro drehte die Karte um.

Auf der Rückseite standen einige Zeilen in altmodisch verschnörkelter Handschrift.

Da das Licht der Straßenlaterne nicht ausreichte, um

die Zeilen zu entziffern, nahm Alessandro die Karte an sich. Beinahe hätte er das Autoradio auf dem Wagendach liegengelassen.

Erst im Aufzug begann er zu lesen.

Godiam, fugace e rapido
È il gaudio dell'amore;
È un fior che nasce e muore
Né più si può goder.

Genießen wir jetzt, flüchtig und schnell vorüber
ist die Freude der Liebe;
sie ist eine Blume, die entsteht und vergeht
allzu lang kann man sie nicht genießen.

Vergeblich suchte Alessandro nach einem Werbehinweis, doch auf der Rückseite fand sich keiner. Die Blume auf der Vorderseite war eine Kamelie. Ein Aquarell.

»Das Radio war noch drin«, rief er erleichtert beim Eintritt ins Hotelzimmer. Wie zum Beweis hob er es hoch. Katharina hatte Kopfkissen in ihren Rücken geschoben und las in dem Buch von Niki de Saint Phalle, das sie am Morgen in der Buchhandlung erworben hatte. Siebzehn Jahre hatte die Künstlerin gekämpft, um den Traum ihres Lebens, den Tarot-Garten, zu verwirklichen.

»Das steckte an der Autoscheibe«, sagte Alessandro und reichte ihr die Karte. »Du scheinst einen Kamelienfreund als Verehrer zu haben.«

Augenblicklich erbleichte Katharina. Die Überraschung am Morgen hatte sie völlig vergessen.

»Was ist?«, fragte Alessandro. »Magst du keine Blumen?«

»Doch, doch«, antwortete Katharina leise. »Ich mag ...« Weiter sprach sie nicht. Sie sprang aus dem Bett, öffnete den Kleiderschrank. Aus der Hosentasche zog sie den zerknitterten Briefumschlag hervor. »Hab' ich heute Morgen bekommen. Das wollte ich ...«

Sie reichte ihm das Blatt mit den getippten Zeilen. »Ich dachte, es sei von dir.«

Sie schaute Alessandro an.

»Wieso von mir?«

Katharina erzählte, dass ihr der Hotelmanager den Brief mit den vier Zeilen ausgehändigt, aber nichts über den Absender gewusst habe. Er wollte den Nachtportier fragen ...

»Ach, ist dieser kleine Giorgio hinter dir her und schreibt dir heimlich Briefchen«, sagte Alessandro belustigt.

»Wie kommst du darauf?«

»Meinst du, ich hätte heute Morgen nicht bemerkt, wie er dich anhimmelt? Katharina, dass Frauen das immer erst so spät merken.«

»Nein, Giorgio war es nicht.«

»Hast du ihn denn darauf angesprochen?«, fragte Alessandro mit einem leichten Vorwurf.

»Ja, ich dachte, dass er etwas damit zu tun haben könnte. Giorgio hat mir die Zeilen übersetzt. Aber er hat das Briefchen nicht geschickt. Darum glaubte ich, dass du …«

»So, so, Giorgio hast du eingeweiht, mich aber nicht!« Jetzt klang Alessandros Stimme etwas gereizt.

Er nahm ihr die Karte aus der Hand. »Eine Kamelie, nicht? Zum zweiten Mal eine Kamelie. In Massa dachte ich, der Hotelbesitzer hätte dir höflich seine Verehrung damit erweisen wollen. Aber das hier ist kein Zufall mehr.« Alessandro fuchtelte mit der Postkarte in der Luft. »Katharina, was ist hier los?«

»Wenn ich das wüsste … heute Morgen …«

»Heute Morgen hättest du mir den Brief zeigen müssen, und dann hätten wir bestimmt schnell herausgefunden, wer dahintersteckt. Ich mag solche Heimlichkeiten nicht.«

Nun war der Streit da.

Sie waren beide zu betrunken, um ihre Vorwürfe zu zügeln.

»Warum hast du mich nicht gefragt, ob ich der Absender bin? Vertraust du mir so wenig?«

»Das ist keine Frage des Vertrauens, Alessandro. Niemand will mir etwas antun, sodass ich dich hätte einweihen müssen.«

»Du weißt mehr, als du zugibst, Katharina!« Schon gestern Abend sei ihm die Sache mit dem Stein äußerst seltsam vorgekommen, sagte Alessandro, aber er habe nicht weiter fragen wollen. »Ein Kind schenkt dir einen deiner Lieblingssteine. Zufall? Dann bekommst du zweimal Gedichte vom großen Unbekannten geschickt …« Alessandro unterbrach sich.

Er las noch mal die Verse.

»Du weißt, woher das stammt?«

Triumphierend hielt er die Karte in der einen und das Blatt mit den getippten Zeilen in der anderen Hand: »La Traviata, Trinklied der Violetta, erster Akt. Deswegen die Kamelie. – Hat Geschmack, dein Verehrer«, sagte er herablassend.

Er drehte sich um und ging mit schnellen Schritten zur Tür: »Ich frage jetzt sofort den Nachtportier.«

»Alessandro, bitte, es ist kurz nach zwei!«

»Ich will das geklärt haben.«

Schon war er aus der Tür.

16

Il Giardino dei Tarrochi

»Sollte unser Leben ein Kartenspiel sein, so werden wir geboren, ohne die Spielregeln zu kennen. Wir müssen uns mit den Karten in unserer Hand begnügen und das Spiel zu Ende spielen«, zitierte Katharina aus dem Buch von Niki de Saint Phalle, als sie sich dem Tarot-Garten näherten. Über den Eichen und Ölbäumen, dem wilden Strauchwerk der Macchia, glitzerte und blitzte es, als sei ein Regenbogen millionenfach in kleine Splitter zerborsten.

Eine schwarze Sphinx mit rotem Krönchen auf dem Kopf, weit aufgerissene Augen unter grünem und blauem Lidschatten, der rote Mund zum Kuss geschmollt. Die mächtige Silhouette dieser Herrscherin war weit über das Land hinaus zu sehen. Die meterdicken Nana-Brüste waren mit Herzen und Halbkreisen verziert, die Tatzen der Liegenden ein zauberisches Feuerwerk, ein übersinnlicher Farbenrausch.

»Die Kaiserin ist die große Göttin. Sie ist Himmelskönigin Mutter; Hure, Emotion, heilige Magie und Kultur. Die Kaiserin habe ich als Sphinx gestaltet. Jahrelang lebte ich in dieser beschützenden Mutter.

Hier fanden meine Besprechungen mit der Arbeitsequipe statt. Hier tranken wir Kaffee und Tee. Auf alle übte sie eine fatale Anziehungskraft aus.«

Katharina blickte auf den nachtblauen Schleier der liegenden Skulptur, der mit Sternchen und Monden übersät war. Der voluminöse Leib bunt beschuppt.

»Ganz schön übermächtig, dieses Muttertier«, scherzte Alessandro, »von dem möchte ich nicht erdrückt werden.«

Sie gingen über eine steinerne Treppe ins Innere der Sphinx. Ein Kabinett aus Spiegeln und Glassplittern empfing sie, buntglasierte Keramikkacheln und Skulpturen aus Muranoglas.

In der Mitte ein großer Spiegeltisch mit Stühlen, im Nebenraum eine Kücheneinrichtung, umgeben von Tausenden von Spiegelscherben, sogar das Bad war ein barockes Spiegelparadies.

»Wie hat sie das nur ausgehalten, hier so lange zu wohnen?«, sagte Katharina. »Die Spiegel sehen einen an, als werde man ständig von allen Seiten kontrolliert.«

»Die übermächtige Mutter«, wiederholte Alessandro. »*La mamma eterna.*«

Durch eine Öffnung in der Wand konnten sie in die toskanische Landschaft schauen. Dort stand ein silbern gerahmtes Mondgesicht mit rotem Kussmund, durch das man den Himmel erblickte. Skulpturen und Natur gingen so harmonisch ineinander über, als seien sie zusammen aufgewachsen.

Katharina blieb immer wieder vor Begeisterung stehen, wusste nicht, ob sie zuerst nur schauen oder zuerst die Erläuterungen der Künstlerin lesen sollte.

Manchmal befühlte sie die Keramikfliesen und Silberspiegel, um sich zu versichern, dass sie nicht träumte. Ihr gefiel die Sinnenlust der üppigen Figuren, der kindliche Spieltrieb und die clowneske Erotik. Alessandro blieb ein wenig auf Distanz zu den buntschillernden Fabelwesen, die nach Motiven des »Tarot de Marseille« gestaltet worden waren.

»Diese Frau muss viel Leid in ihrem Leben erfahren haben«, sagte er nach den ersten Eindrücken, »die grellen Farben sind nur die Fassade einer tiefen Melancholie.«

Über einer Wasserkaskade erhob sich ein blauer Riese mit weit geöffnetem Mund, das rechte Auge eine schwarze Höhle, das linke mit lustig-roten Kacheln eingefasst, darüber gänzlich mit silbernen Spiegeln dekoriert ein bebrillter Magier, aus dessen Kopf eine Hand wuchs. Im Brunnen vor der gigantischen Doppelfigur ein mechanisch-bewegtes, schwarzes Wasserrad, aus dessen Spitze ein dünner Sprühstrahl schoss.

»Das Rad des Schicksals ist ein uraltes Symbol für das Lebensrad. Was nach oben steigt, stürzt unweigerlich wieder hinab. Als ich eines Tages durch den Garten ging, kam mir HEUREKA! die zündende Idee, Jean Tinguely zu bitten, das Rad des Schicksals in einem Brunnen zu konstruieren. Das Wasser würde aus dem Mund der Hohepriesterin fließen.«

Die Skulpturen von Tinguely aus Schrott und Metall bildeten einen deutlichen Kontrast: das Kreischen ihrer Mechanik, ächzend und jammernd, ergab die Geräuschkulisse zu den eher meditativen Phantasiemonstern und Nachtmahren.

Das Doppelwesen Hohepriesterin-Magier kam Alessandro qualvoll, fast bedrohlich vor. Katharina erinnerte die Grotte im Innern mit den dunkelblauen Tropfsteinen und glitzernden Spiegelsternen an Märchen aus 1001 Nacht. »Die ausgestreckte Hand des Magiers ist gegen das geplante Atomkraftwerk gerichtet, das unten im Tal entstehen sollte«, sagte sie. »Die Bevölkerung hat diesen Kampf gewonnen, denn das Atomkraftwerk wurde stillgelegt.«

Nach dem Frühstück waren sie aus Castiglione della Pescáia abgereist, obwohl sie im Hotel Miramare noch einen weiteren Tag hätten bleiben können. Alessandro hatte in der Nacht den bereits eingenickten Portier aufgeweckt. Aber er wusste nicht, wer den Brief für Katharina abgegeben hatte. Sein Chef habe ihn auch schon danach gefragt. »Der Überbringer muss einen Moment ausgenutzt haben, in dem niemand an der Rezeption war«, hatte der Nachtportier ihm erklärt. Am Frühstückstisch hatten beide das Thema zunächst vermieden. Aber als Alessandro vorgeschlagen hatte, lieber die Zelte abzubrechen, war Katharina sofort einverstanden gewesen. Zu merkwürdig waren ihnen die Botschaften erschienen. Inzwischen ging auch Katharina davon aus, dass sie den schwarzweißen Stein von dem Mädchen nicht zufällig erhalten, sondern jemand die Kleine vorgeschickt hatte.

»Hast du denn noch einen Traum in deinem Leben?«, fragte Alessandro, als Katharina ihm erzählte, mit welchem Einsatz die Künstlerin für ihren Park gekämpft hatte. Sie wurde über der langjährigen Arbeit krank, musste viele Einsprüche der italienischen

Behörden ausräumen, war dauernd in Geldnot. Sie hatte sogar ein eigenes Parfüm kreiert, um ihren Tarot-Garten finanzieren zu können.

»Einen Traum? Ich habe viele Träume! Leider habe ich viel zu früh meinen Wunsch, Schauspielerin zu werden, aufgegeben. Ich habe zwar als Sprecherin beim Rundfunk gutes Geld verdient, aber ich wollte mehr. Ich wollte auf die Bühne, vielleicht … mal sehen. Es gibt noch so viele Länder, die ich nicht bereist habe, Mexiko, Kuba, China, das ist eine lange Liste. Ich will im Alter auf keinen Fall allein leben, das ist auch so ein Traum. Vielleicht eine Kolonie der Liebe gründen, mal sehen.«

»Würde ich da hineinpassen?«

»Italienern ist der Zutritt nicht verwehrt«, antwortete Katharina und küsste Alessandro, »obwohl ich erst Billie fragen muss.«

»Wieso?«

»Ich wäre sehr eifersüchtig, wenn du dich mit Billie zusammentust und ich auf der Strecke bleiben würde.«

Alessandro schüttelte den Kopf. »Wie kommst du darauf? Ich will doch gar nichts von Billie.«

Sie betraten den Innenhof des Herrscher-Schlosses, der von zweiundzwanzig dekorierten Säulen umgeben war: Blumen, Fragezeichen, Schlangen, Zahlen, Insekten, Herzen, mexikanische Totenschädel und rote Dornen.

Eine Besucherin schloss ihre Augen und umfasste einen roten Dorn an der Säule.

»Das bringt Glück«, sagte Alessandro. »Wir sollten es auch versuchen.«

Katharina hatte diese Glücksbringer schon häufiger gesehen. Manchmal baumelten sie an den Rückspiegeln in italienischen Autos.

Wie in einer Ahnengalerie waren Gipsmasken der Mitarbeiter und Helfer an der Rückwand des Arkadengangs eingelassen. Niki de Saint Phalle hatte ihnen auf diese Weise ein Denkmal gesetzt.

Lange standen die beiden vor den weißen Kacheln, auf denen in schwarzer, beinahe kindlicher Schrift Parolen und Flüche, Wünsche und Stoßgebete zu lesen waren.

»Nieder mit der Immunität der Abgeordneten und den stets verspäteten Zügen!«

Die Künstlerin hatte auf vierzig farbigen Kacheln eine ihrer Liebesaffären gestaltet. Die Geschichte eines Mannes, in den sie sich über alle Maßen verliebte, mit ihm wundervolle blaue Lüfte erlebte, bis er sie verließ und sie in tiefe Depressionen fiel. »*Io sono molto triste*«, war unter einem Mädchengesicht zu lesen, ich bin sehr traurig. Dicke Tränen kullerten aus ihren Augen.

»Ziemlich kitschig«, meinte Alessandro, der Katharinas Begeisterung für die Skulpturen nicht immer teilen konnte. Ihm gefielen am besten die licht-und luftdurchlässigen »Skinnies«, die Dünnhäutigen, durch die man in die Natur sehen konnte. Der Narr, der Eremit, der Gehängte.

»Der Tod ist das große Geheimnis des Lebens. Ohne den Tod hätte das Leben keinen Sinn. Mit ihrem Werkzeug trägt die Sensenfrau dazu bei, neue Blumen wachsen zu lassen. Die Karte des Todes ist die Karte der Erneuerung. Im Bewusstsein des Todes zu leben ist

eine Weise, sich nicht von den Eitelkeiten des Lebens gängeln zu lassen.«

Auf einem glänzenden Spiegelsockel, in dem Bäume und Himmel reflektiert wurden, lagen abgeschlagene Arme und Köpfe auf grünen Glasscherben, darüber ein blaues Pferd, verziert mit silbernen Monden und Sternen, auf dem eine sensenschwingende Nana ritt, ihr Totenkopf und Körper bestückt mit goldenen Spiegeln.

Sie setzten sich auf eine Bank, um diese Figur in Ruhe betrachten zu können. Nun war auch Alessandro gefangen von der imaginativen Kraft der Künstlerin. Sie hatte die Symbole der Tarot-Karten, die zur Bewältigung ihrer seelischen Verzweiflung, ihrer Ängste und Phobien dienten, auf neue Weise eigenmächtig gestaltet. Das gleißende Sonnenlicht spiegelte sich tausendfach in den goldenen Scherben der Sensenfrau.

Nach einer Weile sagte Katharina: »Ich hätte das nicht ausgehalten, so wie du.«

Alessandro wandte sich zu ihr. »Was meinst du damit?«

»Der Tod war für dich doch Alltag.«

»So wie für dich die Liebe«, fügte Alessandro an.

»Hast du dich denn je an den Umgang mit den kalten Leichen gewöhnen können? Ich wollte dir schon lange diese Frage gestellt haben, aber sie kam mir zu … intim vor?«

»Anfangs war das ganz schwierig für mich«, begann Alessandro zögernd. »Gar nicht so sehr, weil ich mich geängstigt hätte, sondern weil ich Zusehen musste, wie respektlos meine Kollegen mit den Toten umgingen. Die behandelten Leichen wie ein Stück Holz.

Sie machten ihre Witze, ließen sie beim Transport zu Boden rutschen. Anstatt sie anzuziehen, schnitten sie die Totenhemden einfach hinten auf, weil es so bequemer war. Oder sie steckten ihnen zum Spaß brennende Zigaretten in den Mund. Immer wenn ich meinen Schwiegervater darauf ansprach, war sein Kommentar: Die brauchen das, um damit fertig zu werden. Sobald ich der Chef war, habe ich die schlimmsten von diesen Kerlen an die Luft setzen müssen.«

Katharina schüttelte den Kopf. »Ich meinte, wie ist es dir dabei ergangen? Die anderen …«

»Man bekommt ein ganz anderes Verhältnis zum Leben, wenn man täglich mit dem Tod umgeht. Ich bin durch diese Arbeit sehr viel ruhiger geworden, stehe dem Leben und seinen Überraschungen gelassener gegenüber.« Alessandro machte eine Pause. »Bei meinen künstlerischen Beerdigungsfeiern wollte ich Leben und Tod vereinen. Einmal habe ich, wie in manchen Kulturen üblich, eine mehrtägige Totenfeier inszeniert. Die Verwandten, Freunde und Bekannten kamen in der festlich geschmückten Wohnung der Toten zusammen. Am offenen Sarg haben sie sich zwei Tage lang Geschichten und Erlebnisse mit der Verstorbenen erzählt. Damit wurde sie für alle Anwesenden wieder gegenwärtig, und sie konnten wirklich von ihr Abschied nehmen.«

»Ich glaube, du würdest gut in eine Kolonie der Liebe passen«, sagte Katharina und schmiegte sich an Alessandro.

»Kommt darauf an, in welchem Land sie errichtet wird.«

Sie verbrachten den ganzen Nachmittag im Tarot-Garten. Katharina las Alessandro zu jeder der zweiundzwanzig Figuren die Erläuterungen der Künstlerin vor. Vitalität und Trauma, letzte Verstörung und übersprudelnde Kraft, die Einsamkeit einer Einsiedlerin und die wilden Farben ihres extrovertierten Egos.

Gegen Abend fuhren sie ins nahe Capalbio, um ein Zimmer für die Nacht zu finden. In der »Trattoria da Maria« fragte Alessandro nach. Ein Onkel der Besitzerin besaß ein kleines Apartment am Ortsrand, das sie sofort beziehen konnten.

Eine Stunde später saßen sie im Speiseraum und probierten Marias Aquacotta, die maremmische Gemüsesuppe.

An der Wand gegenüber hing zwischen Wildschweinköpfen und Hirschgeweihen eine großformatige, bräunliche Fotografie eines bärtigen Wilderers. Die linke Hand steckte in der Tasche, die rechte hielt das Gewehr am Lauf. Vor dem Bauch zwei Reihen Patronen, am ledernen Gürtel ein langes Messer.

»Je länger ich darauf schaue, desto seltsamer kommt mir das Bild vor«, sagte Alessandro. Er legte den Suppenlöffel in den leeren Teller.

Katharina konnte nichts Merkwürdiges an der Fotografie erkennen.

»Der Blick, irgendetwas stimmt nicht mit diesem Blick. Als wenn er eingeschlafen wäre.« Der Jägerhut war leicht in den Nacken verschoben, Gesicht und Hände sehr schmutzig, nur die Lederstiefel schienen etwas gesäubert worden zu sein.

»Er schaut wirklich ein bisschen müde aus«, sagte Katharina, »vielleicht hat er zu lange gewildert.«

Als Maria die Spaghetti auftrug, fragte Alessandro, was es mit diesem Porträt auf sich habe.

»Das ist Domenico Tiburzi. Er war einer der Briganten in dieser Gegend. Die Leute haben ihn den ›guten Banditen‹ genannt, weil er die Reichen beklaute und deren Habe an die Armen weitergab. In einem Feuergefecht mit den Carabinieri wurde er 1896 erschossen.«

Maria brachte ihnen eine Schale mit frisch geriebenem Parmesan.

»Er sieht aber nicht gerade wie ein beliebter Volksheld aus«, wandte Alessandro ein.

»Auf dem Bild ist Domenico bereits tot.«

Katharina sah zu Alessandro hinüber.

»Sie haben ihn für das Foto hergerichtet, damit die Bevölkerung glaubte, dass man ihn wirklich gefasst hatte. Mit winzigen Zahnstochern haben sie die Augenlider offengehalten, mit einem Ledergurt wurde er von hinten an die römische Säule gebunden. Hier, sehen Sie, das ist der Gurt, mit dem er auf den Beinen gehalten wird. Der Daumen der rechten Hand, die das Gewehr hält, ist im Patronengurt eingeklemmt.«

»Wahrscheinlich war die Leichenstarre schon eingetreten«, sagte Alessandro, »das wird nicht ganz einfach gewesen sein, ihn so zur Schau zu stellen.«

»Der Pfarrer von Capalbio wollte auf keinen Fall, dass Domenico in der geweihten Erde des Friedhofs beerdigt wurde. Aber die Bewohner haben seine Partei ergriffen, weil er so überaus beliebt war. Da musste der Pfarrer nachgeben. So hat man den Leichnam zur Hälfte innerhalb und zur Hälfte außerhalb der Friedhofsmauer beerdigt. Wenn Sie wollen, können Sie sich das Grab von Tiburzi morgen anschauen.«

Maria machte es sichtlich Spaß, die Geschichte des berühmtesten Mannes aus Capalbio zu erzählen. Nach einer kurzen Weile fügte sie hinzu: »Im Lauf der Jahre musste der Friedhof erweitert werden. So haben wir am Ende doch Recht bekommen. Jetzt liegt unser Domenico ganz innerhalb der Mauern.«

Ihr Lachen hatte durchaus etwas Aufmüpfiges.

17

Saturnia

Das weiße Zeltdach wurde von einem leichten Wind hin und her geschaukelt. Auf der Bühne war es noch dunkel, die Instrumenten-Kästen lagen verschlossen neben den Stühlen. Ein Mann im T-Shirt verteilte die Noten. Auf seinem Rücken stand zu lesen: *Street fighting man. Rolling Stones on Tour.*

Katharina und Alessandro konnten sich nicht einigen, wo sie sitzen sollten. Sie zog es an einen der vorderen Tische, wo es noch freie Plätze gab, während er lieber weiter hinten sitzen wollte, dort habe man den besseren Überblick. Sie einigten sich auf einen Tisch in der vierten Reihe. Katharina belegte mit ihrer Seidenjacke zwei Stühle. »Ich würde mir gerne noch das Hotel ansehen.«

Das Kurhotel »Terme di Saturnia« lag in einem großzügigen Park mit Bocciabahnen und lauschigen Pavillons. Auf der ausgedehnten Rasenfläche sollte das Konzert stattfinden.

Kaum hatten Katharina und Alessandro die Eingangshalle betreten, kam ihnen eine Frau entgegen und fragte, ob sie ihnen behilflich sein könne.

»Wir suchen ein ruhiges Plätzchen für das kommende Wochenende«, sagte Katharina, ohne zu zögern, »haben Sie etwas frei?«

Die junge Angestellte schaute sie an. »Nein, leider nicht. Wir haben erst Ende Oktober wieder eine Vakanz.«

»Hätten Sie denn einen Prospekt des Hotels für uns?«, fragte Katharina.

Ihr Wunsch wurde umgehend erfüllt.

»Wir wollen hier doch nicht absteigen«, sagte Alessandro mit gesenkter Stimme, als sie über einen Flur in den Salon gingen.

»Ganz bestimmt nicht«, erwiderte Katharina, »aber ich schaue mir gerne mal Luxus an.«

Ständig huschten Hotelgäste in weißen Bademänteln an ihnen vorbei. Die Frauen trugen Handtücher um den Kopf gewickelt, die Männer begnügten sich mit weißen Mützchen. Nur im Restaurant, das gleich neben dem großen Thermalschwimmbecken lag, waren die Gäste in feinem Zivil zum Dinner erschienen.

»Ein Zimmer mit Blick auf das dampfende Becken wäre bestimmt wunderbar«, sagte Alessandro, »wenn das Wasser nicht so nach faulen Eiern riechen würde.«

Den ganzen Nachmittag hatten sie an den *Cascate del Mulino* verbracht, den Naturschwimmbecken, die sich nicht weit von Saturnia entfernt neben einer alten Mühle befanden. Im Flüsschen, das die warmen Wassermassen heranführte, badeten Kinder und Alte. Sie hielten sich an Stricken fest, um nicht von der Strömung mitgerissen zu werden.

Es hatte eine Weile gedauert, bis sich ihre Nasen an den Geruch der Schwefelquellen gewöhnt hatten. Nach einer vier Meter hohen Kaskade ergoss sich das Wasser in natürliche Badewannen aus Travertin.

Über mehrere, verschieden große Becken, die aus dem Fels herausgespült worden waren, floss es dann hinab in ein breites Flussbett.

Ein Volksbadefest! Kind und Kegel planschten in den Becken, Pärchen lagen eng aneinandergeschmiegt im Wasser, Mütter erteilten ihren Kleinen ersten Schwimmunterricht, dazwischen unermüdliche Familienfotografen, die das feuchte Vergnügen festzuhalten versuchten. Ein älterer Mann hatte sich Kieselsteine ins graue Brusthaar gelegt und schaukelte sie hin und her. Genüsslich räkelten und aalten sich die Badenden in den samtweich ausgewaschenen Becken.

»Jetzt weiß ich, wofür ich mir den Bikini gekauft habe«, hatte Katharina gesagt, die sich rasch im Auto umgezogen hatte. Alessandro war hinter eine Hecke gegangen, um die Kleider zu wechseln. An einer Felswand hingen Hunderte von Bademänteln, darunter türmten sich Schuhe und Sandalen wie auf einem Flohmarkt. Einige Familien hatten ihre Campingausrüstung aufgestellt und machten Picknick unter Sonnenschirmen. Es gab ein paar Verkaufsstände mit afrikanischen Schnitzereien und einen buntbemalten Eiswagen. Ein Mann mit einer Punkfrisur, der am ganzen Körper tätowiert war, ließ sich fotografieren. In einem tieferliegenden Wasserbecken stand eine Frau im Sommerkleid und telefonierte lautstark. Handy, Handy allerorten.

Die schäumende und dampfende Gischt der Kaskaden, das stetig über die Beckenränder schwappende Gewässer, darunter die sanften Moose, die sich am

Travertin gebildet hatten. Ein Badevergnügen, das schon in der Antike genossen werden konnte. Die Römer hatten dem Gott Saturn gedankt, dass er einen Blitz auf die Erde warf, um die Menschen für ihre Zwietracht zu bestrafen. Dadurch, so erzählt die Sage, entstand der Vulkankrater, aus dem das warme Schwefelwasser herausschoss.

»*Concerti dell'estate*«, hieß es auf dem Plakat, dem Katharina und Alessandro gefolgt waren. Regelmäßig veranstaltete das Nobelhotel Sommerkonzerte.

Als sie zu ihren Plätzen zurückkehrten, waren sämtliche Tische besetzt. Nur von den Musikern war noch nichts zu sehen.

»Die Anfangszeiten der Konzerte sind bei uns nur grobe Anhaltspunkte«, sagte Alessandro. »Was meinst du, wie erstaunt ich war, als ich in Deutschland feststellte, wie pünktlich Züge fahren können? Ich wollte das am Anfang gar nicht glauben. Sonntags bin ich manchmal auf den Bremer Hauptbahnhof gegangen, nur um zu sehen, dass die Züge auf die Minute genau einliefen und abfuhren. In Italien sind zwei Stunden Verspätung nicht ungewöhnlich.«

»Aber in Siena bin ich doch ziemlich pünktlich angekommen«, meinte Katharina.

»Wenn du eine Viertelstunde Verspätung als pünktlich bezeichnest.« Alessandro versuchte, eins der ausgelegten Konzertprogramme vom Nebentisch zu angeln. Ihn traf der böse Blick eines Mannes im blauen Smoking. »Fragen hätten Sie wenigstens können«, sagte er in strengem Deutsch.

»*Mi dispiace*«, entschuldigte sich Alessandro.

Neben klassischen Stücken von Brahms und Beethoven gab es auch einige populäre Titel im Programm des Streichorchesters, Filmmusik aus Hollywood und Popsongs.

»Die richtige Mischung für so ein Publikum«, kommentierte Alessandro. Er hatte Katharina davon erzählt, dass er in Montecatini damit begonnen habe, Feste zu besonderen Anlässen auszurichten. Zunächst sei es nur um kulturelle Einlagen bei Familienfeiern gegangen, die Lesung eines Autors oder ein Konzert eines Sängers aus der Region. Inzwischen habe er sich mit einem Gastronomen zusammengetan, der für das Catering sorge. »Jetzt bieten wir gemeinsam ausgefallene Plätze für Hochzeiten, Geburtstage, Kommunion und Tauffeiern an und entwerfen für unsere Kunden ein komplettes Programm.« Demnächst würden sie auf der Insel Capraia ein Tanzfest zum 60. Geburtstag eines Hoteliers veranstalten. »Nur Beerdigungen werde ich wohl nicht mehr ausrichten«, hatte Alessandro gesagt. »Aber man kann ja nie wissen.«

Nach und nach kamen acht Musiker auf die Bühne, packten ihre Instrumente aus und begannen sie zu stimmen. Eine Sängerin, die im tief ausgeschnittenen Samtkleid am Bühnenrand Platz nahm, hielt eine Partitur in der Hand.

Alessandro sagte: »Du kannst dir nicht vorstellen, mit wie wenig Geld sie zufrieden sein müssen. Mehr als 60 Euro wird keiner von denen am Abend bekommen.«

Fast gleichzeitig schalteten die Musiker die Lämpchen über dem Notenpult an.

Kurz darauf betrat der Dirigent die Bühne, nahm den Beifall entgegen und verbeugte sich einige Male. In drei Sprachen kündigte er den ersten Teil des Programms an und wünschte den Gästen gute Unterhaltung.

Als die ersten Takte von Johannes Brahms' »Ungarischen Tänzen« erklangen, ergriff Alessandro Katharinas Hand. »Viel Vergnügen.« Er nickte ihr lächelnd zu.

Ein Sommerabend im Park, ein Konzert unter freiem Himmel. Was hatten sie für ein Glück, ja, wenn Engel reisen …

Mitten im Beifall, der nach *Diamonds are a girl's best friends* stürmisch ausfiel, sprang ein Geiger vom Podium, ging zwischen den Tischen hindurch und stellte sich vor Katharina.

»Ich wusste es ja, zwischen uns gibt es immer noch ein festes Band«, sagte er auf Italienisch, »ich dachte schon, ich hätte deine Spur wieder verloren.«

Erst jetzt erkannte Katharina den Mann, dessen silbrig-weiße Locken bis auf das schwarze Jackett fielen. Seine wassergrünen Augen …

»Tommaso?«, fragte sie, um sich zu vergewissern.

»Katharina. Wie schön, dich endlich wiederzusehen!«

Er beugte sich zu ihr hinunter und küsste sie.

Der Dirigent klopfte mit dem Taktstock an sein Notenpult.

Alessandro ließ Katharinas Hand los.

»Ich habe dich in Massa gesehen. Du hast im »Tre Archi« gegessen. Stimmt's? Und nun bist du mir gefolgt, ganz wie früher.«

Er strahlte sie an. »Ist es nicht fantastisch …«

Katharina erhob sich ein wenig unsicher. Sie spürte, wie sie die Blicke der Anwesenden auf sich zog. Der Geiger schlang einen Arm um sie und drückte sie fest an sich.

»*Tommaso, veni qui*!«, ermahnte der Dirigent seinen ersten Geiger.

»Ich muss wieder auf die Bühne«, sagte er, bevor er flüchtig über ihr Haar strich.

Mit schnellen Schritten verließ Tommaso Katharina.

Sie blickte ihm nach. Gewandt schlängelte er sich durch die Reihen, erreichte mit einem sicheren Sprung das Podium und lächelte zu ihr hinüber. Dann entschuldigte er sich beim Dirigenten.

»Wer war das?«, fragte Alessandro, der einige Mühe hatte, sich zu fassen. Wie kam dieser Kerl dazu, sich auf diese Art Katharina zu nähern?

»Tommaso«, antwortete Katharina erregt, »den kennst du nicht. Das ist ganz lange her. Ganz viele Jahre …«

»Aber du hättest ihn mir doch wenigstens vorstellen können, oder?«

»*Quiet please*«, kam es vom Tisch hinter ihnen.

Alessandro hatte Mühe, seine Fragen zurückzuhalten. Wie er sie angeschaut, seinen Arm um ihre Schulter gelegt und ihr Haar berührt hatte. So ein Violinenfuzzi. Woher kannte Katharina den denn? Lange her, hatte sie gesagt. Wie lange? Von den bei den Beatles-Liedern bekam Alessandro kaum etwas mit. Während Katharina sie verhalten mitsummte. *Fool on the hill* und *Lady Madonna* in instrumentaler Version. Dann trat die Sängerin nach vorne.

Tommaso stand auf, sprach erst mit ihr und dann mit dem Dirigenten. »Meine Damen und Herren, wir nehmen eine kleine Programmänderung vor«, sagte der Dirigent nach kurzer Unterbrechung, »Maria di Fiesole wird für Sie das Lied der Violetta aus ›La Traviata‹ singen. Auf den besonderen Wunsch einer Zuhörerin.«

Die ersten Takte der Introduktion des Trinkliedes erklangen.

»Was bildet sich dieser Violinenfuzzi denn ein?«, sagte Alessandro halblaut.

»Bitte, ich erkläre dir alles nachher«, erwiderte Katharina. Wieso hatte sie niemals daran gedacht, dass Tommaso der Absender der Briefe sein konnte? Vor einigen Monaten in Montecatini Terme hatte sie sich noch an ihn erinnern wollen.

Sie wagte es nicht, zu Alessandro hinüberzusehen.

Godiam! la tazza e il cantico
La notte abella e il riso
In questo paradiso
Ne scopra il nuovo dì.

Genießen wir das Leben! Trinken und Gesang
und Lachen versüßen uns die Nacht;
in diesem Paradiese
soll uns der neue Tag vorfinden.

Die Sängerin hatte eine kraftvolle und glänzende Sopranstimme, ihre Auftritte waren ohne Frage die Höhepunkte des Konzertes.

»Hast du mit ihm eine … Affäre gehabt?«, fragte Alessandro, als der Beifall aufbrauste. Er war während des Vortrages näher an Katharina herangerückt.

»Später«, wies sie ihn ab.

Schon wieder wurde an den Nebentischen gezischt. »Wenn Sie sich unbedingt unterhalten wollen, dann gehen Sie doch einfach«, belehrte sie der blaue Smoking.

»Sie brauchen sich nicht so aufzuspielen, so wichtig sind Sie auch nicht!«, fuhr Alessandro ihn an.

In der Pause kam Tommaso an ihren Tisch. Er zog sich einen Stuhl heran und setzte sich neben Katharina. Noch hatte er Alessandro keines Blickes gewürdigt.

»Als ich dich in Massa gesehen habe, wusste ich, dass ich dich immer vermisst habe. Wirklich, Katharina, du kannst mir glauben.«

»Soll ich uns etwas zu trinken holen?«, fragte Alessandro dazwischen. »Was willst du, Katharina …«

»Moment, ich möchte euch erst mal vorstellen«, unterbrach sie ihn, »das ist Tommaso Guccini, und das ist Alessandro Bensi.«

»Müssen wir uns jetzt die Hand geben, wie in Deutschland?«, sagte Alessandro mit spöttischer Miene.

Der Geiger sah ihn herausfordernd an. »Ich hätte gerne ein Tonic Water.«

»Also ein Tonic Water, und du, Katharina?«

»Ich trinke, was du trinkst«, antwortete sie abwesend.

Alessandro stand auf und ging an die Bar.

»Noch immer ein Spieler, was, Tommaso?«, sagte Katharina, als sie allein waren.

»Ich konnte es nicht fassen, als du plötzlich in Massa über den Platz gingst. Hab' dich sofort erkannt. Eigentlich wollte ich aufspringen, um dich zu begrüßen, aber dann dachte ich …«

Tommaso verstummte, weil ein Mädchen mit roter Schleife im Haar zu ihm kam, um sich ein Autogramm geben zu lassen.

»Ist das dein Mann?«, fragte die Kleine, während Tommaso seinen Namen schwungvoll neben die der anderen Musiker auf das Programmheft setzte.

»Nein, nein«, wehrte Katharina heftig ab.

Sein Aussehen hat sich ziemlich verändert, dachte sie, wenn er mich nicht angesprochen hätte …

»Es war ja nicht schwierig herauszufinden, in welchem Hotel du wohnst. Hat dir meine Kamelie gefallen? Und die wundervollen Liedzeilen?«

»Ich konnte nicht ahnen, dass sie von dir stammten.«

»Das solltest du auch nicht. Aber eure plötzliche Abreise in Castiglione …«

»Wie kommst du nach Massa Marittima?«

»Ich wohne da, seit über fünf Jahren.«

»Verheiratet?«

»Nein, solo. Immer noch der Solo-Geiger.« Er lächelte sie an, wie es der Gott Saturn getan hätte.

»Und warum hast du dich in Massa nicht zu uns gesetzt?«

Alessandro brachte die Getränke, für Katharina ein Glas Rotwein und für sich einen doppelten Grappa. Zuletzt stellte er Tommaso das Tonic Water hin.

»Wir haben uns über zwanzig Jahre nicht gesehen«, sagte Katharina, als sie zusammen anstießen.

»Das ist wirklich sehr lange her«, erwiderte Alessandro.

»Mir kommt es wie gestern vor«, ließ sich Tommaso vernehmen. Dann wandte er sich wieder Katharina zu. Er legte seine rechte Hand auf ihre Schulter.

»Du bist immer noch so fantastisch wie früher, Katharina!«

»Nun übertreib mal nicht, Tommaso, wir haben uns ziemlich oft gestritten und am Ende …«

»Ich wäre niemals von dir weggegangen, aber du wolltest ja nicht mehr.«

Alessandro räusperte sich, nachdem er den doppelten Grappa in einem Zug ausgetrunken hatte.

»Wir haben eine Zeitlang in Rom zusammengelebt«, erklärte ihm Katharina, »als ich noch jung war …«

»Das waren mindestens zwei Jahre«, sagte Tommaso, »zwei Jahre mit dieser wundervollen Frau.«

»Aber lange her«, fügte Alessandro an.

»Viel zu lange«, meinte Tommaso.

»Über zwanzig Jahre«, kam es von Katharina.

Die Pause war zu Ende. Tommaso sagte, er würde nach dem Konzert gerne mit ihr essen gehen. Sie hätten sich so viel zu erzählen. Er verabschiedete sich von Katharina mit einer langen Umarmung.

»Dieser Violinenfuzzi ist ziemlich aufdringlich, findest du nicht?«

»Alessandro, nenn ihn nicht Violinenfuzzi, das hat er nicht verdient«, konterte Katharina.

»Warum macht er denn diese geheimnisvollen Spielchen? Um dich zu beeindrucken, oder was?«

Katharina spürte, dass Alessandro verstimmt war. Der Musiker hatte ihn behandelt wie einen Schuljungen.

»So kenne ich ihn. Tommaso stand damals immer mit einem Blumenstrauß vor der Zimmertür in unserem Hotel. Das war, als ich mit meiner Mutter in Montecatini wohnte, und da war ich gerade mal zwanzig Jahre alt.«

»Aber du findest ihn immer noch …«

»Es war eine Jugendliebe, Alessandro, lange vorbei.«

»*Silenzio, per favore*«, kam es ermahnend vom Nebentisch. Der Mann im blauen Smoking war nach der Pause nicht mehr erschienen, was Alessandro erfreut zur Kenntnis nahm.

Tommaso trat ans Mikrofon und sagte: »Ich spiele jetzt eine alte italienische Weise zu Ehren einer fantastischen Frau. Es ist das Stück, bei dem wir uns kennengelernt haben.«

Nun spielte Tommaso ihr Lied. Eine eingängige neapolitanische Melodie in a-Moll. Den Refrain summten einige Zuhörer mit.

Katharina zitterte ein wenig. Sie presste beide Hände vor den Mund. Ein Schauer durchfuhr sie. Dieses Lied hatte Tommaso jedes Mal gespielt, wenn sie mit ihrer Mutter ins »Tettuccio« kam. Damals war er ein junger Geiger gewesen, der mit seinem Kurorchester eine Saison in Montecatini aufgetreten war. Nun kamen mit einem Mal all die Erinnerungen zurück …

Als der Applaus einsetzte, wusste Katharina nicht, wie ihr geschah. Sie sah, dass Alessandro keine Hand rührte.

Tommaso sprach ins Mikrofon: »Auf uns beide, Katharina!«

Der Geiger klatschte ihr mit hoch erhobenen Händen zu.

Alessandro erhob sich: »Komm, wir gehen!«

Katharina schaute zu ihm hinauf. »Ich möchte das Konzert zu Ende hören.«

»Ich nicht«, widersprach er ihr heftig. »Das muss ich mir nicht ansehen. Du weißt ja, wo wir übernachten, Katharina.«

18

Sovana

Alessandro war bei einem Geräusch hochgeschreckt. Er drehte sich zur Seite und schaute auf den Wecker: 4 Uhr 28. Wie lange hatte er geschlafen? Mehr als eine Stunde konnte es nicht gewesen sein. In dieser Nacht war er immer wieder aufgewacht. Immer mit dem gleichen Gefühl. Warum bin ich nicht zu Katharina ins Zelt zurückgegangen? Es war eine Unverschämtheit von diesem Geiger, sich zwischen ihn und Katharina zu drängen. Alessandro hatte eine ganze Weile auf dem Parkplatz gewartet. Wenn sie hinter ihm hergekommen wäre … Dann hatte er sich ins Auto gesetzt und war durch die Nacht gefahren. Ganz gleich, nur weg von Saturnia. Er hatte weder Wegweiser noch Straßenschilder beachtet, war gefahren, um sich zu beruhigen. Aber je weiter er sich entfernt hatte, desto aufgeregter war er geworden. Wieso hatte Katharina nicht gespürt, wie sehr ihn das impertinente Benehmen dieses Stehgeigers mitgenommen hatte? Tommaso Guccini, wahrscheinlich ein Künstlername. Diese affige Silbermähne. Der Mann war bestimmt schon an die Sechzig, vielleicht sogar älter. Wie er Katharina angestrahlt hatte, wie ein pubertierender Pennäler. Vor all den Zuschauern ein derart peinlicher Auftritt. Sie mussten doch gedacht haben, da lässt sich jemand in aller Öffentlichkeit Hörner aufsetzen. *Il cornuto.* Am schlimmsten hatte Alessandro es gefunden, dass sich Katharina diese Zudringlichkeiten nicht verbeten hatte. Warum hat sie sich nicht auf meine Seite gestellt?

Er wusste, dass er nicht wieder einschlafen konnte. In der Mini-Bar fand er noch ein letztes Fläschchen. Er leerte den Campari im Stehen. Es war nicht ganz einfach gewesen, nach Sovana ins Hotel zurückzufinden. Auf der Karte hatte er festgestellt, dass er über fünfzig Kilometer von dem Städtchen entfernt war. Erst kurz nach Mitternacht war das Ortsschild von Sovana wieder aufgetaucht. Alessandro hatte den Wagen auf dem fast leeren Parkplatz abgestellt, war durch die schmale Gasse gelaufen, immer in der Hoffnung, Katharina im Hotel »Taverna Etrusca« anzutreffen. Auf der kleinen Piazza war alles still gewesen. Alle Fenster dunkel. Die wenigen Straßenlaternen verbreiteten ein gelblich-fahles Licht. Als er feststellen musste, dass Katharina nicht im Hotel war, hatte Alessandro sich auf eine Steinbank vor der Kirche gesetzt. Über eine Stunde war er dort sitzen geblieben. Danach hatte er sich erschöpft ins Hotelzimmer zurückgezogen. Es hätte keinen Zweck gehabt, nach ihr zu suchen. Wahrscheinlich lachte sie mit diesem Stehgeiger über ihn oder ließ die alte Liebschaft aufleben …

Alessandro hörte Schritte auf dem Holzboden. Er legte sich schnell wieder ins Bett.

»Warum machst du mir denn nicht auf?«, fragte Katharina, als sie ins Zimmer trat. »Ich musste das ganze Haus aufwecken, um ins Hotel zu kommen. Du hast den Schlüssel mitgenommen.« Katharina hatte einen ziemlichen Schwips, das merkte Alessandro sofort.

»Und wie war's?«, fragte er.

»Willst du das wirklich wissen?«

»Sonst würde ich nicht fragen.« Alessandro setzte sich im Bett auf.

»Er ist noch immer ein Charmeur, ganz wie früher. Wenn er anfängt zu spielen …«

»Du hast es gewusst«, unterbrach Alessandro sie heftig.

»Was?«

»Dass er heute Abend in Saturnia spielt.«

»Das ist doch Unsinn, Alessandro. Wie kommst du denn darauf?«

»Du wolltest ihn unbedingt wiedersehen, nicht?«

»Wenn ich ihn wiedersehen wollte, hätte ich dir das gesagt …«

Alessandro fuhr sie an: »Und das soll ich dir glauben?«

Katharina hatte begonnen, sich auszuziehen. Sie hielt inne.

»Glaub doch, was du willst!«

Sie verschwand im Bad.

Alessandro sprang aus dem Bett, kam hinter ihr her.

»Woher wusste er denn, dass wir nach Castiglione gefahren sind?«

Katharina fuhr sich mit dem Waschlappen durchs Gesicht. »Vom Hotelmanager in Massa, der hat für uns das Miramare gebucht.«

»Und was war mit dem Stein auf der Mole?«

»Der kam tatsächlich von ihm. Tommaso hat das kleine Mädchen zu mir geschickt.«

»Ist das nicht ein bisschen albern, ich meine, für einen sechzigjährigen ...«

»Tommaso ist zweiundfünfzig.«

»Das sieht man ihm nicht an«, sagte Alessandro bissig.

Als sie nebeneinander im Bett saßen, erzählte Katharina ihre Geschichte mit Tommaso. Wie sie sich damals in Montecatini in ihn verliebt hatte. Wie sie ihrer Mutter am Ende des Urlaubs mitgeteilt hatte, dass sie in Italien bei Tommaso bleiben wolle. »Du kannst dir nicht vorstellen, was das für einen Krach in meiner Familie gab. Dabei hatte ich mein Abitur schon gemacht, war aber noch nicht volljährig. Meine Mutter drohte, mich zu enterben, wenn ich nicht nach Hause zurückkommen würde.« Wie sie mit Tommaso am Ende der Saison nach Rom gezogen war. Sie hatten in einem kleinen Zimmer in Trastevere gewohnt. »Ständig musste ich jobben, weil Tommaso nicht genügend mit seinen Auftritten verdiente. Außerdem brauchte er Geld für seine Ausbildung.« Für einen Sommer lang waren sie nach Frankreich gereist. »Mit Straßenmusik konnten wir ganz gut verdienen. Ich bin mit dem Hut rumgegangen.« Wie sie zwei verwegene Jahre miteinander verbrachten. »Hast du nicht selbst einmal gesagt, wenn die Liebe groß genug ist, dann folgt man ihr, sogar in ein fremdes Land?«

»Warum hast du ihn dann verlassen?«, wollte Alessandro wissen.

»Tommaso hatte andere Beziehungen. Immer wieder. Immer häufiger. Er sagte, er brauche das, es sei doch nichts dabei, mit mir habe das nichts zu tun. Anfangs habe ich mir nichts anmerken lassen, aber je länger es dauerte, desto tiefer hat es mich getroffen. Tommaso war immer ein Spieler, auch in der Liebe, sein ganzes Leben lang.«

»Und du hast ihn wirklich seit damals nie wiedergesehen?«

»Nein, nach der Trennung nicht mehr. Anfangs war ich zu verletzt, irgendwann habe ich ihn vergessen. Als ich Norbert in der Wohngemeinschaft in Frankfurt kennenlernte, habe ich manchmal Züge von Tommaso an ihm gesucht«, Katharina lachte hell auf, »aber nie gefunden.«

»Habe ich denn Züge von Tommaso?«

»Du schon eher«, antwortete Katharina, »aber jetzt suche ich nicht mehr danach.«

Sie beugte sich zu ihm hinüber, spürte, dass Alessandro ihr gerne weitere Fragen gestellt hätte, aber er schien sich nicht zu trauen. Von sich aus wollte sie nicht darauf zu sprechen kommen.

»Tommaso holt uns gegen elf im Hotel ab. Ein Freund von ihm will uns Vitozza zeigen.«

»Wieso denn das?«

»Die etruskischen Grabstätten, das ist doch einer der Gründe, warum wir hierhergefahren sind.«

»Mit Tommaso?«

»Dann kannst du ihn kennenlernen. Gestern Abend, das war ja mehr ein Hahnenkampf, oder?«

»Ich habe keine Lust, mit diesem … Geiger durch die Gegend zu laufen.«

»Das meinst du nicht ernst, Alessandro?«

»Und ob, einen Cappuccino zu dritt wird es mit mir nicht geben.«

Augenblicklich drehte er sich um und wandte Katharina den Rücken zu.

Franco führte sie durch einen Hohlweg, der dreißig Meter tief in den Felsen geschlagen worden war. Ein enormer Korridor, der aus etruskischen Zeiten stammte. Ein Geheimgang für Prozessionen, ein sakraler Zufluchtsort. Zu beiden Seiten türmten sich die Felswände. Von oben drang nur spärlich Licht in die *via cava*. »Die Wege haben ein besonderes Mikroklima, denn in diesen tiefen Einschnitten findet man Flechten und Moose, Venushaar und Farne, die, es sonst in der Gegend nicht häufig gibt.« Franco war ein Wanderführer, wie man ihn selten kennenlernte. Mit einer Machete in der Hand bahnte er seinen Gästen den Weg. Er konnte Fußspuren von Wildschweinen deuten, wusste von *gamberi di fiume*, Flussgarnelen, zu berichten, zeigte seltene Gewächse wie wilde Veilchen und wusste alles über die Felsensiedlung von Vitozza. »Das ist eine der größten Höhlensiedlungen Italiens. In den Tuffstein sind diese Nekropolen hineingeschlagen worden. Weit über zweihundert Grabstätten. Es gibt so viele, dass sie immer noch nicht alle freigelegt sind.«

Katharina und Tommaso standen in einer Höhle, deren Nischen und Aushöhlungen geometrisch angeordnet waren. *Il colombario* wurde die Höhle genannt, der Taubenschlag. Die Wände waren bedeckt mit Hunderten von Nistplätzen, die neben- und übereinander lagen.

Aber wer sollte vor mehr als zweitausend Jahren hier eine Vogelbrutstätte angelegt haben? Und auch noch in der Nähe der Gräber von reichen etruskischen Familien? Franco sagte augenzwinkernd, hier könnten alle Gäste einer nächtlichen Party gut ihre Weingläser abstellen. »Der Wein bleibt bestimmt schön gekühlt.«

Als Tommaso Katharina kurz nach halb zwölf am Hotel abgeholt hatte, war Alessandro nicht mitgekommen. Er hatte sich nicht umstimmen lassen. »Wenn du unbedingt deine Zeit mit … ihm verbringen willst«, hatte er erregt beim Frühstück gesagt, »bitte sehr. Ich fahre zurück nach Montecatini. Du kennst ja meine Adresse.«

Der Streit war ziemlich heftig gewesen.

»Da kommt er so einfach daher und knutscht dich in aller Öffentlichkeit ab.«

»Es war die Wiedersehensfreude, Alessandro, ganz spontan.«

»Ach was, er hat dich hierhergelockt mit seinen Briefchen und Geschenken. Auf uns, Katharina, wenn ich das schon höre …«

»Tommaso ist eben ein romantischer Spieler.«

Er habe sich so auf die paar Tage mit Katharina gefreut, hatte Alessandro gesagt.

Sie habe bestimmt nicht damit rechnen können, dass Tommaso plötzlich aufkreuze. »Er nimmt dir doch gar nichts weg.«

Sie müsse sich entscheiden. Und falls sie dafür mehr Zeit brauche, bitte sehr. »Wenn du von dem Ausflug zurückkommst, werde ich nicht mehr da sein.«

Was immer Katharina als Kompromiss vorgeschlagen hatte, Alessandro ließ sich nicht darauf ein. Warum soll ich auf einen Ausflug mit meinem verflossenen Liebhaber verzichten, dachte sie. Aber sie hatte gesagt: »Tommaso hat sich extra für uns freigenommen.«

Alessandro hatte den Streit mit dem Satz beendet: »Du setzt wohl immer deinen Kopf durch, so sagt man doch, oder?« Dann hatte er die Serviette zusammengeknüllt und auf den Teller geworfen. Katharina war ziemlich aufgeregt gewesen. Was bildet er sich ein, bin ich schon sein Eigentum?

»Er kommt nicht mit, oder?«, hatte Tommaso vor dem Hotel gemeint, »das hätte ich dir vorher sagen können. Ein italienischer Mann hält seine Frau für unteilbar.« Dann hatte er ihr den Restaurantbesitzer Franco vorgestellt, der sich bereit erklärt hatte, die Führung durch Vitozza zu unternehmen. »Gegenwärtig sind die meisten Wege noch für Touristen gesperrt, deswegen müssen wir uns einen anderen Zugang bahnen.« Franco hatte zur Begrüßung seine Machete geschwenkt.

An der Rezeption hinterließ Katharina eine Mitteilung. »Bitte warte auf mich, Alessandro!«

Unterwegs fragte Tommaso sie, ob sie noch wisse, warum sie sich vor zwanzig Jahren von ihm getrennt habe.

»Das weiß ich noch wie heute, Tommaso«, erwiderte Katharina, »für dich gab es nur einen Menschen, den du wirklich geliebt hast, und das warst du selbst. Du hast dein Leben geführt, ohne auf mich Rücksicht zu nehmen. Irgendwann habe ich das nicht mehr ertragen.«

Franco ging immer ein paar Schritte voraus, um die Gespräche zwischen Tommaso und Katharina nicht zu stören. Sie schienen sich nicht besonders für die Grabdenkmäler zu interessieren, sondern waren viel zu sehr mit ihren Erinnerungen beschäftigt.

»Bekäme ich denn noch mal eine Chance, wenn ich höflich bei dir anfragen würde …«

»Wie meinst du das?«

»Die alten Zeiten, blaue Lüfte, wir beide, wie früher …« Tommaso beendete den Satz nicht.

»Die alten Zeiten sind lange vorbei.« Mehr hatte Katharina nicht geantwortet.

Als sie drei Stunden später nach Sorano kamen, zeigte Franco den beiden ein Haus am Felshang. Es war in der Mitte auseinandergebrochen. Wie ein Puppenhaus, in das man von vorne hineinschauen konnte. Die Zimmer waren noch so eingerichtet, als seien sie gerade erst verlassen worden.

»Das Haus hat ein reicher Florentiner in jahrelanger Arbeit renovieren lassen. Es hat sehr viel Geld gekostet. Kurz nachdem die Restaurierungen beendet waren, sackte der Felsvorsprung, auf dem das Haus stand, in sich zusammen, und der vordere Teil stürzte in die Tiefe. Glücklicherweise wurde niemand verletzt.«

Lange blickte Katharina zu dem Haus hinauf.

Ein riesiges Holz- und Stahlgerüst diente dazu, den bröckelnden Tuffsteinfelsen abzustützen.

»Ich muss zur Probe nach Saturnia«, sagte Tommaso, »Franco wird dich ins Hotel zurückbringen. Wenn du Lust hast, komm doch heute zum Konzert. Wir könnten nachher was essen gehen oder tanzen oder was du willst …«

»Ich werd's mir überlegen«, antwortete Katharina, als sie zu Franco in den Wagen stieg.

In rasanter Fahrt nahm er die Serpentinen.

»Warum kommen Sie nicht beide nachher in mein Restaurant? Tommaso kennt den Weg. Ich würde euch ein Pilzsüppchen bereiten, wie ihr es noch nicht probiert habt.«

Katharina nickte, ohne etwas zu sagen. Starr blickte sie auf die Straße. Sie verabschiedete sich schnell, als Franco sie in Sovana aussteigen ließ.

Auf dem Parkplatz konnte sie Alessandros Wagen nicht entdecken.

Mit raschen Schritten lief sie zum Eingang des kleinen Hotels. Ist er doch tatsächlich abgereist, dachte sie. Sie hoffte darauf, dass er ihr wenigstens ein paar Zeilen oder irgendeinen Hinweis hinterlassen hatte.

Der Schlüssel zu ihrem Zimmer hing am Bord. Ohne Erfolg betätigte sie die Klingel. Die Rezeption war verwaist. Auch in der Küche konnte sie niemand auftreiben.

Katharina war zu unruhig, um ins Zimmer zu gehen.

Sie setzte sich auf die Steinbank vor der Kirche und beobachtete die alten Menschen, die geduldig in einer Schlange auf Einlass warteten.

»Er zieht sich noch um«, verriet ihr eine Frau, »aber dann kann es gleich losgehen.« Katharina wollte wissen, wer denn da so sehnlich erwartet würde. »Das ist ein Priester, der kommt zweimal im Monat her. Pater Gino kann alle Krankheiten heilen. Er ist in der ganzen Gegend bekannt.«

Katharina fragte in der Bar gegenüber, ob jemand

einen Mann mit einem dunkelblauen Koffer gesehen habe.

»Nein, *signora*, tut uns leid. Aber wir können ja nicht den ganzen Tag die Straße im Auge behalten.«

Sie bestellte sich einen doppelten Espresso. Was soll ich machen, wenn er mich tatsächlich zurückgelassen hat, dachte sie. Ich bin in Montecatini, meine Adresse kennst du ja. Diese Sätze wiederholte sie ständig in ihrem Kopf. Am liebsten hätte sie Billie angerufen und mit ihr geredet. Wo hatte sie Alessandros Telefonnummer in Montecatini hingesteckt?

Das Portal der Kirche wurde geöffnet. Die Gläubigen strömten langsam hinein. Die alte Frau, mit der sie gesprochen hatte, winkte ihr zu, bevor sie im Inneren der Kirche verschwand.

Dann erblickte sie Alessandro, der am anderen Ende des Platzes vorbeischlenderte. Er trug eine rosa Sportzeitung unterm Arm.

Katharina sprang auf und rannte los.

Sie war so aufgeregt, als hätte sie ihr erstes Rendezvous.

19

Pitigliano

Der Blick von Madonna delle Grazie auf Pitigliano war überwältigend. Die Tuffsteinhäuser in gelblichem Braun, lang und schmal, windschief und verschachtelt, schienen ein komplettes Durcheinander zu sein. Dächer, die übereinandergetürmt waren, schmale Fenster wie Schießscharten, schräge Balkone unter kleinen Rundbögen. Ein Wirrwarr sich kreuzender Linien. Ein mehrstöckiger Turm mit einer zinnengekrönten Spitze überragte die Stadt. Die Häuser standen auf einem riesigen, nur grob behauenen Tuffsteinsockel, als hätte Michelangelo eine seiner unfertigen Skulpturen hinterlassen. Am Fuße des vulkanischen Sockels wucherte grüne Macchia den Felsen hoch. Ein im 16. Jahrhundert erbautes Aquädukt, dessen Bögen noch zum Teil zu sehen waren, flankierte die Straße zur Piazza della Repubblica.

Katharina und Alessandro konnten sich nicht sattsehen an diesem Häusergetümmel, das wie struppiges Haar auf einem steinernen Haupt wuchs.

»Schade«, sagte Alessandro, »wirklich schade, dass du heute schon nach Hause fahren musst.«

»Es wird ja nicht unser letzter Tag sein«, erwiderte Katharina.

Sie stiegen in den Wagen, um ins *centro storico* Pitiglianos zu fahren.

Die zwei hufeisenförmig angelegten Hauptstraßen der Stadt, Corso Roma und Via Zucarelli, machten es Besuchern einfach. Je nach Gusto konnte man in einer der beiden seinen Rundgang ins Mittelalter beginnen.

Pitigliano war es gelungen, Einflüsse moderner Architektur weitgehend zu verhindern. Das geschlossene Stadtbild, immer in den gleichen gelblichbraunen Tönen des Tuffsteins, zeigte ein gänzlich anderes Bild als die Ansicht, die sie vom gegenüberliegenden Hügel Madonna delle Grazie gehabt hatten. Plätze und Treppen, Gassen und Gässchen, die schon vor Jahrhunderten für Pferde und kleine Wagen angelegt worden waren, waren harmonisch aufeinander abgestimmt. Immer wieder konnte man Durchblicke in die Täler der Lente und der Meleta genießen. Die schmalen Durchgänge zwischen den Häusern setzten sich in den grünen Schluchten der Natur fort.

Den ganzen Abend hatten sie in Robertos Bar in Sovana verbracht, nebeneinander gesessen, Wasser und Wein getrunken, und versucht, die heftigen Worte, die zwischen ihnen gefallen waren, abzumildern.

Katharina sagte, sie habe Alessandros plötzlichen Abgang in Saturnia eher als überspitzten Höhepunkt einer Beziehungskomödie, denn als ernsthaftes Beleidigtsein angesehen. Sie habe sich nicht vorstellen können, dass Alessandro sich wirklich als Konkurrent Tommasos empfunden habe.

Alessandro entschuldigte sich, dass er Tommaso als Violinenfuzzi abgetan habe. Er sei halt ziemlich eifersüchtig gewesen.

»Auf keinen Fall wäre ich ohne dich abgefahren«, hatte er betont.

»Aber warum hast du mir gedroht, allein nach Montecatini zurückzukehren? Ich wurde während des Spaziergangs mit Tommaso und Franco immer aufgeregter, konnte es nicht erwarten, nach Sovana zurückzukehren.«

»Ich hätte deinem früheren Geliebten doch nicht einfach das Feld überlassen. Außerdem hast du mich gebeten, auf dich zu warten.«

Katharina hatte Alessandro zunächst nichts von der abendlichen Einladung Tommasos erzählt. Während ihres Gespräches war ihr klargeworden, dass sie ihn auf keinen Fall ein zweites Mal brüskieren wollte.

»Es hat mich gereizt, mit ihm über sein und mein Leben zu reden. Das musst du doch verstehen. Immerhin waren wir fast zwei Jahre zusammen, auch wenn wir damals noch so jung waren. Ich wollte einfach wissen, was aus ihm geworden ist.«

»Ich habe doch gemerkt, wie er sich um dich bemüht hat. Du hättest mal sein Gesicht sehen sollen, als er vom Podium heruntersprang und plötzlich wie ein Geist vor dir auftauchte. Die Spielchen mit den heimlichen Botschaften, damit wollte er dich wieder einfangen.«

»Ihr habt euch wie zwei Gockel aufgeführt.«

»Immer noch besser, als ein paar Hörner aufgesetzt zu bekommen.«

Ab und zu hatte Katharina auf die Uhr geschaut. Es war längst zu spät gewesen, um nach Saturnia zu fahren.

»Ich glaube nicht mal, dass Tommaso es ernsthaft meinte, als er mich gefragt hat, ob er noch mal eine Chance bekomme …«

»Hat er dich das denn gefragt?«, wollte Alessandro wissen.

»Ja, vorhin auf dem Spaziergang.«

»Da hast du es«, hatte Alessandro geantwortet, »er lässt nichts unversucht. Und was hast du ihm daraufhin gesagt?«

»Dass ich kein Interesse daran habe.«

»Und er?«

»Er hat sich damit zufriedengegeben.«

»Das glaube ich nicht.«

Erst nach Mitternacht hatte Katharina Alessandro von der neuerlichen Einladung Tommasos berichtet. »Jetzt sieht du ja selbst, für wen ich mich entschieden habe. Wenn es denn jemals einer Entscheidung bedurft hätte.«

Durch ein eisernes Tor betraten Katharina und Alessandro den Hof vor der Synagoge. Sie besichtigten das Museum, das nach der Verfolgung der Juden durch deutsche und italienische Faschisten von der jüdischen Gemeinde eingerichtet worden war. Katharina ließ sich die rituellen Gegenstände erklären, während Alessandro eine Flasche koscheren Weines erstand, den es nur in Pitigliano zu kaufen gab.

Als sie ihren Rundgang durch Pitigliano fast beendet hatten, hörten sie aus einer Tischlerei einen volltönenden Bass. Jemand rezitierte Gedichte. Sie gingen auf die andere Straßenseite und traten in die *falegnameria.*

Ihre Augen mussten sich erst an das Dunkel im Inneren der Werkstatt gewöhnen. An den Wänden hingen ordentlich aufgereiht die Handwerkszeuge bis unter die Decke. Eine Handvoll älterer Männer saß zwischen den Hobelbänken und lauschte einem Weißhaarigen, der ihnen vorlas.

»Das ist Mario«, erklärte ihnen der Besitzer der Tischlerei, »der liest uns jeden Tag seine lyrische Produktion vor.«

Katharina wusste nicht, was er mit »lyrischer Produktion« gemeint hatte, wollte aber nicht, dass der Dichter bei seinem Vortrag unterbrochen wurde. Der Mann las so schnell, dass sie nicht alle Zeilen verstehen konnte. Mit dem rechten Fuß stampfte er den Takt zu seinen Texten. Einmal in Fahrt gekommen, schien er gar nicht mehr aufhören zu können. Keiner der Anwesenden unterbrach ihn.

Es ging um Tagespolitik und Tiere, um Gedankenspiele und Glossen, um Naturbetrachtungen und Nachdenkliches.

Mehr als eine Viertelstunde dauerte die Lesung. Am Schluss bedachten die Zuhörer ihn mit einem kräftigen Beifall.

Ein Mann mit einem breiten, tief gefurchten Gesicht stellte den beiden Mario Casapieri vor.

»Das waren achtzehn Gedichte zu je sechzehn Zeilen«, sagte der Dichter, »die habe ich heute Morgen geschrieben.«

Mario Casapieri erzählte ihnen, dass er Bergarbeiter gewesen sei, nur selten habe er Zeit zu schreiben gefunden. »Ich habe die Kriegsgefangenschaft überlebt, weil ich so gut Witze erzählen konnte. Jeden Morgen musste ich dem Kommandanten einen neuen Witz erzählen. Das war gar nicht so einfach. Manchmal habe ich die ganze Nacht nicht geschlafen, weil mir nichts einfallen wollte. Immerhin ging es um mein Leben.« Nach seiner Pensionierung vor fünfzehn Jahren habe er mit dem täglichen Schreiben begonnen. Jeden Morgen gegen vier Uhr wache er auf, höre Nachrichten und beginne dann mit der Hand seine Gedichte zu verfassen. Um zehn habe er die Arbeit beendet. Dann tippe er die Texte in den Computer. »Inzwischen sind es über dreiunddreißigtausend Gedichte.«

Alessandro fragte, ob sie denn irgendwo veröffentlicht würden.

»Ich veröffentliche manchmal ein Heft für meine Nachbarn und Freunde. Ich habe eine Broschüre mit Gedichten über den Besuch der Tschernobyl-Kinder in Pitigliano verlegt. Aber inzwischen habe ich Sechsundsechzig Bände für meine eigene Bibliothek drucken lassen, hundertzwanzig fehlen noch.« Er lachte ein wenig verlegen. Dann zeigte Casapieri Katharina den blassen Computerausdruck. Am Anfang des Textes stand immer in Klammern eine Zahl, die fortlaufende Nummerierung, dahinter die Kategorie, in die das Gedicht gehörte. Am Ende konnte sie das Datum des heutigen Tages und seinen Namen lesen.

»Mario ist morgens immer mit seinem Hund vorbeigekommen«, sagte der Mann mit den groben

Gesichtszügen. »Auf seinem Spaziergang tauchte er hier auf und las uns seine Gedichte vor.« Leider sei der Hund letztes Jahr gestorben, deswegen würden sie ihm für seine Stadtrundgänge jetzt ihre Hunde ausleihen. Jeden Tag ein anderer.

Mario Casapieri sagte: »Allein über meinen Hund habe ich achtzig Gedichte verfasst.«

Als die Alten erfuhren, dass Katharina Deutsche sei, wurde sie mit Komplimenten für ihr exzellentes Italienisch überhäuft.

Er kenne nur zwei deutsche Worte, meinte der Tischlermeister: »Arbeiter« und »Auf Wiedersehen«.

Zum Abschied signierte Mario Casapieri seine lyrische Tagesproduktion und überreichte sie den beiden Gästen. »Ich werde mir einen neuen Computerausdruck machen«, sagte er, »das geht ja heute alles so einfach.«

Bis zur Abfahrt des Nachtzuges in Florenz blieben ihnen noch einige Stunden; Stunden, an die Katharina und Alessandro sich klammerten. Hand in Hand bummelten sie durch die ruhigen Gassen von Pitigliano, auf der Suche nach Ablenkung. Katharina wollte nicht daran denken, wie es ihr auf der Rückfahrt nach Freiburg ergehen würde.

Im Schaufenster einer Galerie in der Via Roma entdeckte sie eine Keramik-Maske, die sie in Bann zog.

Ihre hohlen Augen schienen sie zu verfolgen. Die lasierte Schicht, die auf brüchigem Ton aufgetragen war, schimmerte pastellfarben.

»Diese Maske würde ich mir gerne genauer ansehen«, sagte sie zu Alessandro.

Im Laden gab es mehrere Stücke, die in dieser Art gefertigt waren. Die Gesichter verzerrt, wie im Krampf aufgerissen, die Münder weit offen. Manchmal baumelte ein kleiner Ring am Ohr.

Die Verkäuferin erklärte ihnen, dass ihr Freund alte Tonmasken gefunden habe, die mindestens dreißig Jahre in einem feuchten Keller gelegen hätten. Er habe eine Zeitlang experimentiert und auf einige von ihnen eine neue Keramikschicht gebrannt.

»Wenn Sie an der Maske vorbeigehen, können Sie sehen, wie sich das Gesicht je nach Perspektive verändert«, sagte die Verkäuferin. »Schade, dass Roberto nicht da ist, der könnte Ihnen noch mehr darüber erzählen.«

»Die Maske verändert sich aber auch je nach Stimmung des Betrachters«, erwiderte Katharina. Sie wusste sofort, welche der Masken sie gerne kaufen wollte.

Der Künstler hatte ein schmales Band aus farbiger Keramik über die Augen dieser Maske gelegt. In verschieden hellen Türkistönen, die von weißen Streifen durchzogen waren. Die wulstigen Lippen waren zu einem fast viereckigen Loch aufgebogen.

Alessandro bestand darauf, Katharina diese Maske zum Geschenk zu machen. »Damit du in Freiburg gelegentlich an mich denkst!«

Kurze Zeit später saßen sie in einem Straßencafé vor dem Hotel Guastini. Durch die enge Toreinfahrt zur Stadt schlängelten sich unaufhörlich Autos. Ein Polizist bemühte sich, ein wenig Ordnung in die immer größer werdende Warteschlange zu bringen. Als er merkte, dass er keinen Erfolg hatte, ging er auf die andere Straßenseite und hielt ein Schwätzchen mit dem Besitzer der Tankstelle.

»Ich weiß nicht, wie lange ich es ohne dich aushalten werde«, sagte Alessandro.

Katharina nahm seine Hand. »Wir können ja jeden Tag telefonieren.«

Dann schwiegen sie eine Weile.

Dreimal hatte Alessandro sie seit dem Frühstück gefragt, ob sie nicht wenigstens noch einen Tag bleiben könne. Er wollte seine Bitte jetzt nicht mehr wiederholen. Noch hatten sie keinen Zeitpunkt für ihr nächstes Zusammensein finden können. Alessandro suchte nach einer lustigen Begebenheit, die er erzählen konnte. Irgendetwas, was sie beide aufheiterte. Aber ihm fiel so schnell nichts ein.

»Wann geht der Zug?«, fragte er nach einer Weile.

»Mach es mir nicht noch schwerer«, antwortete Katharina. »Ich würde auch lieber hierbleiben.«

Sic schluckte ein paarmal. Abschiede waren ihr seit jeher verhasst. Selbst wenn gute Freunde sich von ihr verabschiedeten, vermied es Katharina immer, mit ihnen auf den Bahnsteig zu gehen, um auf den Zug zu warten. Sie brachte es nicht fertig, Alessandro anzuschauen. Waren sie tatsächlich erst zehn Tage zusammen? Ihr kam es so viel länger vor.

»Könntest du denn im Herbst noch mal weg?«

»Ich werde es versuchen«, gab Katharina leise von sich. Wahrscheinlich würde sie im Zug sitzen und während der ganzen Rückfahrt heulen. Sie hob das sorgfältig verschnürte Paket mit der Maske hoch.

»Auch wenn das nicht dein Gesicht ist, ich werde sie mir jeden Tag anschauen.«

»Ich habe ein paar Fotos von dir gemacht, die werde ich überall in der Wohnung aufhängen.«

Katharina kam auf eine andere Idee: »Du darfst das Porträt des rothaarigen Mädchens mitnehmen, das Lucio uns gegeben hat. Es bleibt bis zu meinem nächsten Besuch in Montecatini, und danach werde ich es mitnehmen, bis du zu mir nach Freiburg kommst.«

In diesem Augenblick trat ein Mann aus dem Café.

Schwungvoll stellte er ein Tablett auf dem blankpolierten Aluminiumtisch ab.

Erst jetzt erkannte Katharina Tommaso, der sich für diesen Auftritt in einen Kellner verwandelt hatte.

»Sie haben drei *cappuccini* bestellt!«

»Aber nicht auf meine Kosten«, erwiderte Alessandro und fing an zu lachen.

Nachwort

Schon Ende der 60er Jahre unternahmen wir als Studenten von Tübingen aus Reisen nach Florenz und Siena. Manchen Sommer haben wir bei italienischen Freunden verbracht und dort 1986 den Roman »Entführt in der Toskana« geschrieben. Seit damals hat es uns immer wieder in diese Traumlandschaft gezogen. Auch für den vorliegenden Roman waren wir längere Zeit in der Toskana unterwegs, wo wir alte Freundschaften vertieft und neue gewonnen haben.

Es gilt einigen Dank zu sagen: Didi Moreno und Marcello Fontana in Montecatini Terme, Gianni und Laura Brunelli in Montalcino, Altero Verdiani in Siena, Adriano Santinelli in Monteriggioni, Mario Casapieri in Pitigliano, Franco Agnelli in San Quirico di Sorano. Außerdem Thomas Kieselbach aus Bremen für seine Führungen durch die Maremma, Christine Meise von »For Ladies« in Bremen für den Einblick in das Geschäft mit Erotica und unserer Lektorin Kerstin Gleba in Köln für die gute Zusammenarbeit.

Aus der Fülle der Reiseführer gibt es drei, die wir hervorheben möchten: Nana Claudia Nenzel »Toscana

Richtig Reisen« (DuMont) und Hella Kothmann/Wolf-Eckart Bühler »Toscana« (Reise Know-How Verlag). In Italien erschien ein Reiseführer (auf Deutsch) über die »Toskanische Maremma« (Editrice il Melograno, Grosseto), der wertvolle Hinweise enthielt. Die Reiseberichte von Bettina Dürr »Toscaniaden« (Bastei Lübbe) und der Restaurantführer von Peter Peter »Die besten Trattorien der Toskana« (Heyne) haben uns auf einige ungewöhnliche Fährten gesetzt. In Dieter Richters Buch »Pinocchio oder vom Roman der Kindheit« (S. Fischer) kann man mehr über den Holzbengel und seine Bedeutung erfahren. Eine fundierte Darstellung vom Geschehen um den Palio in Siena bietet das Buch von Alan Dundes und Alessandro Falassi »La Terra in Piazza – Die Erde auf dem Platz«, das es seit einigen Jahren auch auf Deutsch gibt (Nuova immagine, Siena). Die Zitate von Niki de Saint Phalle stammen aus ihrem Buch »Der Tarot-Garten« (Benteli-Verlag, Wabern/Bern).

Marita und Jürgen Alberts

Nachbemerkung Las Palmas 2017:
Der vorliegende Text ist eine leicht überarbeitete Fassung des Ebooks aus dem Jahre 2015)

Elke Weiß

Kopflos im Park

Kriminalroman

344 Seiten
Taschenbuch, Format 14 x 22 cm
16,90
ISBN 978-3-95494-107-0

Zwei harte Brocken für den Bremer Kriminalkommissar Bodo Strehler: Ein Mord im idyllischen Bürgerpark und ein Fall tödlichen Cybermobbings halten ihn in Atem. Er bekommt es mit einem undurchsichtigen Zwillingspaar zu tun – und mit einer exzentrischen Autorengruppe, die sich selbst zerfleischt. Habgier, Rache, Neid? Mit Hilfe seiner krimibesessenen Ehefrau Inge gelangt er in Bremens literarische Szene und ins Auge eines Shitstorm. Gelingt es ihm auch, das Rätsel um den abgetrennten Schädel zu lüften?

Reiseromane von Marita & Jürgen Alberts

Cappuccino zu dritt
Ein Toskana-Roman
232 Seiten
Taschenbuch, 14 x 22 cm
ISBN 978-3-95494-122-3

Die Farben des Fado
Ein Roman aus Portugal
240 Seiten
Taschenbuch, 14x22 cm
ISBN 978-3-95494-123-0

Im Schatten des Teide
Ein Krimi von den Kanarischen Inseln
276 Seiten
Taschenbuch, 14x22 cm
ISBN 978-3-95494-124-7